村瀬健

Takeshi Murase

西由比濱車站，再見

Miracle of Nishi Yuigahama Station

邱香凝 譯

目次

春天第一陣強勁的東南風吹過鎌倉那天，一輛快速電車脫軌了。東濱鐵道、鎌倉線、上行列車。車廂高速脫離鐵軌，擦過鎌倉生魂神社的鳥居之後，掉落山間懸崖，釀成車上一百二十七名乘客中六十八人死亡的慘案。

電車脫軌事故發生兩個月後，出現了這樣的傳聞——聽說，深夜裡的鎌倉線有幽靈電車駛過。

距離事故現場最近的車站是西由比濱站。根據傳聞，這個車站的月台上有個叫「雪穗」的女鬼，只要去拜託她就能回到過去，搭上事故當天那輛電車。

只不過，想搭上這輛電車，必須遵守以下四個條件：

- 只能從死去的犧牲者上車那一站上車。
- 不能把即將遇害死亡的事告訴死去的犧牲者。
- 在電車通過西由比濱站前一定要下車。一旦通過西由比濱站，搭上這輛車的人也會遭遇事故死亡。

●就算見到事故中遇害的犧牲者，現實世界也不會產生任何改變。不管做什麼，在事故中死亡的人都不會復生。若是試圖在電車脫軌前讓車上的人下車，馬上就會回到現實中。

就算見到事故中遇害的犧牲者，現實也不會有任何改變——
不管做什麼，在事故中死亡的人都不會復生——
即使聽到這些條件，大家還是要去。

失去了未婚夫的女人。
失去了父親的兒子。
失去了單戀對象的中學生。
以及，引發電車事故的駕駛太太。

人們總在失去心愛的人時才發現。

原來自己曾經活在如今再也無法重返的美好時光中。

如果能夠再見到死去的人一次，你想告訴對方什麼？

第一話

去見他。

「因為事故的關係，國道過不去，我繞路好嗎？」

計程車司機這麼問，坐在後座的我卻無法回應。隔著車窗望出去，看得見西由比濱車站附近擠滿看熱鬧的人群。

受到電車脫軌事故影響，鎌倉線所有電車停駛。聽著令人心驚肉跳的救護車鳴笛聲，我用擦過額頭汗水的手指點開手機。網路新聞的頭條都是關於脫軌事故的報導。

『鎌倉脫軌事故，截至下午兩點已有二十六人死亡。』

『脫軌事故，第三節車廂疑似掉落懸崖。』

目光掃過這些標題，急忙又把頁面關掉。深呼吸，回想剛才電話裡的對話。

「小智？抱歉打擾妳工作……」

「媽？怎麼了？」

「妳冷靜聽我接下來要說的話喔。慎一郎搭的電車，脫軌了。」

「欸？」

「慎一郎搭的電車脫軌了！」

「根、根本他沒事嗎？根本他沒——」

「總之，妳馬上到南鎌倉綜合醫院來，先這樣。」

搭上計程車後，我不知反覆回想了幾次這段對話。包括未來婆婆的遣詞用字、呼吸、停頓。仔細思量電話中感受到的一切，從中找尋未婚夫平安無事的可能性。

「連這條路也這麼塞啊……」

司機皺起眉頭，我拜託他一定要想想辦法。可是，內心深處真正想的卻是希望他慢慢來。因為我害怕。

視野裡那棟白色建築愈靠近，我的心就跳得愈快。害怕面對現實。任何時刻都好，一心只想回到這之前的人生。

「到了！大門口都是人，那我開到後門——」

「這裡就可以了，請讓我下車！」

遞出萬圓紙鈔，不等找零就下了車。伸手擋開湧上來的電視攝影鏡頭，邁步橫過圓環。

醫院大門前停著好幾輛警察的護送巴士。擔架似乎不夠用，只見救護人員用電車座椅充當擔架，陸續搬運了不少傷患進去。

「那位患者等一下！這邊的先進去！」

自動門內也擠滿了人。

「剛才不是說這位先進去的嗎？醫生！」

「別管那麼多了，照我說的做！還有，已經沒有空床位了！總之先把過世的人搬到地下室！」

醫院內怒吼聲此起彼落。除了這些焦躁的聲音，耳邊還不斷傳來匆匆搬運擔架的腳步聲。

「不好意思，請問根本慎一郎在哪裡？他是今天脫軌那輛電車的乘客！」

鑽過交錯的人群，我衝到櫃檯前。

「您是他的家人嗎？」

「我是根本慎一郎的未婚妻！我叫樋口智子！」

聽了我的說明，一位年輕女護理師走進後方的護理室。只見她和其他護理師凝重地談了一會兒，又回到櫃檯邊。

「……請您到地下二樓右邊最裡面的房間。」

心臟用力跳了一下。

地下二樓——

摸索著這句話的意思，感覺自己快要昏厥了。

走安全梯下到地下二樓，啜泣聲響遍整個樓層。

沿著昏暗的走廊來到最深處，茶水間隔壁的房間裡，傳出我熟悉的聲音。

我停在那間房門外，手抓住門把，身體卻無法動彈。因為，腦中輕易就能想像門後的光景。

閉上眼睛，呼出沉積在胃底的重重一口氣，利用吐氣的力量拉開門，迸入視野的，果然是我想像中的那幅光景。一張大床，上面躺著人。那個人臉上蓋著一條白布。

我覺得腦袋搖搖晃晃，思考無法定焦，不知道自己現在人在哪裡，打算做什麼。

「小智！」

婆婆走過來，雙手用力抓住我的右手。

哭叫的婆婆讓我感覺煩躁。她的存在妨礙了我整理腦中的思考，有一股想甩開她手的衝動。不過，我沒辦法這麼做。因為她抓住我的手是那麼用力，說明了這個人對獨生子的愛。我怎麼能甩開。

「小智，來看慎一郎最後一面吧。」

公公拉起我的手臂。

輕輕掀開的白布下，是他一如往常的睡臉。我非常喜歡看這張宛如孩子般的睡臉，還曾躺在他身邊看了一整夜。

下週中旬就是根本三十二歲生日了，他拜託我在他生日那天煮咖哩。去年他的生日，我煮了咖哩給他吃，嘴裡塞滿咖哩的他眼眶泛淚。問他怎麼哭了，他竟然這麼說：

「不是啊，一想到死前不知道還能吃到幾次妳的咖哩就……」

我幸福到了頂點。能夠和如同孩子一般單純的他在一起。

未來身邊也會一直有他在。

「根本，你醒來啊。求求你，醒來嘛……」

我握住他的手。

「根本，張開眼睛啊。我會再煮咖哩給你吃的，每天都會煮的。所以，你快醒來啊。根本！根本！根本！」

我哭叫著，公公抱住我的肩膀。只是，摩挲肩膀安撫著我的那雙手，也掩不住微微顫抖。

我哭倒在公公胸口，想起自己與根本相遇的事。

那是距今十六年前，我還在讀高一的時候。

父親罹患心臟病無法工作，母親只好代替他出門賺錢，開始在附近的印刷廠上班。即使如此，生活還是過得很困苦。為了幫助家計，放學後我也會去地方上的社會福利機構打工當看護。

黃金週結束後的某天，學校舉行課外教學，帶學生到一間汽車工廠觀摩。

班上同學分成幾個小組，在工廠裡參觀走動，只有我遠離人群一個人走。分組時邀我加入同一組的那個女生，從下了遊覽車就刻意迴避我的視線。搭遊覽車時她坐在我旁邊，沉默寡言的我對她來說肯定很無趣。或許遊覽車上共度的這段時間，讓她做出跟個性陰沉的我一起玩也不開心的判斷了吧。

午餐時間，大家在輪胎工廠附設的食堂用餐。自己帶便當的人就吃便當，而我那天因為媽媽出差不在家，沒有便當可以帶。雖然媽媽給了我午餐錢，考慮到家裡的經濟狀況，這錢可不能亂花。

「……請給我清湯烏龍麵。」

我點了最便宜的餐點，朝同組女生聚集的長桌走去。然而，才走到附近就停下腳步了。我發現同組的大家不時偷看我，臉上露出不懷好意的微笑。還有人故意用我聽得見的音量，跟隔壁的人咬耳朵說：

「竟然有人點那種窮酸的東西吃。」

即使轉身，背後仍傳來毫不留情的批判。說這句話的，就是那個邀我加入小組的女生。為了不讓我坐她隔壁的位子，還把包包放在椅子上。

我找了張沒有人的桌子坐下，端著托盤的學生從背後經過，托盤上放的是漢堡排定食。坐我後方那張桌子的同學裡，有人津津有味大啖看似美味的燒肉。相形之下，我真是悽慘落魄。只要聽到哪裡傳來笑聲，就無法不認為那是在取笑我。

「也給我一碗清湯烏龍麵。」

正當我對著眼前的烏龍麵大眼瞪小眼，怎麼也拿不起筷子時，聽見有人這麼跟廚房點餐。「也」這個字吸引了我的注意力，轉頭望去，說這句話的是同班的一個男生。

小個子的他，端著托盤走到我身邊坐下。什麼也沒說，「啪」地拉開免洗筷就咻咻吸起麵條來。

那是個有一雙孩子般晶亮圓滾眼珠的男生。臉曬得略顯黝黑，不知道是不是個性內向，幾乎看也不看我一眼。偶爾四目相接，他也害臊地眨眨眼睛，立刻又轉移了視線。

不過，我已經發現了。他是為了不讓我一個人丟臉，才會點跟我一樣的清湯烏龍麵。

他坐在可以用身體擋住我的位子，讓自己成為一堵牆。這麼一來，佔據附近位置的其他學生就看不到我了。他就像是在說「吃清湯烏龍麵的只有我一個人」、「你們要笑就笑我好了」。

吃完自己的烏龍麵後，他既沒有站起來，也沒有往空水杯裡倒水。就像保護著我似的，一步也不離開那裡。

那體貼的心意率直地撞進我胸口。拿起筷子想夾烏龍麵，肩膀卻開始顫抖。用指頭抹掉滑過臉頰的淚水，我吃下一口烏龍麵。

雖然稍微涼掉了一些，柴魚乾熬出的濃厚湯頭滋味還是滲入了全身。

他的名字，叫做根本慎一郎。

課外教學兩天後的午休時間，我一個人在教室吃便當。課外教學時同組的女生們，正看著我粗淡的便當竊笑。在教室裡待著不舒服，吃完便當我就去了圖書室，根本也在那。他手上拿著一本圖鑑正看得起勁，書名是《如何調教狗》。

我想著上次那件事還沒跟他道謝，才剛走上前想叫他，那群女生又乒乒乓乓跑進來。要是在這裡找根本搭話，說不定會傳出奇怪的謠言，那就更麻煩了。不如改天再跟他道謝吧。這麼想著，我離開了圖書室，沒想到機會立刻又來訪。放學後，騎著腳踏車出學校大門，一繞過轉角，又看到了根本。他從一群放學回家的學生中走出來，一個閃身，滑進公寓與公寓之間的空隙。

我停下腳踏車探頭窺看那個空隙，根本踩在一條細長的髒水溝裡啪喳啪喳往前走。制服褲管也不捲起來，好像弄髒也不在乎似的，一副理直氣壯的模樣。離打工看護的時間還有一個多小時，好奇的我決定跟蹤他。

穿著球鞋的腳直接泡在骯髒混濁的水裡，前進了三十公尺左右，我倏地停下腳步，因為看見遠方深綠色的樹林。

跨出髒水溝，前方出現一片廣大森林。林立的樹種是杉樹，高聳得如同一座原生林。從我家騎腳踏車到這片森林大概十五分鐘時間，小時候，我從這前面經過好幾次。

豎起耳朵，聽得見雜樹林下方草地發出有人踩踏的沙沙聲。根本應該是跑進森林裡去了。

過了搭在引水道上的小木橋，我將濕透的裙襬用力擰乾。一邊用雙手撥開樹枝樹葉，一邊爬上一道緩坡。

進入獸徑，正想喘口氣時。突然，一陣不知何處傳來的腳步聲漸漸加快。從陡峭斜坡上滾下來，出現在我面前的，竟然是一隻白狗。脖子上掛著老舊的黃色項圈，雙眼充血瞪著我，一副隨時就要撲上來的樣子。

「呀啊啊啊！」

我還來不及擺出防禦姿勢就跌倒在地了。這時，根本從坡道上迅速衝下來。

他毫不猶豫擋在我面前，那隻看似秋田犬的大狗鼻子噴著氣衝撞上來。根本像棒球捕手那樣蹲低身子，從下往上抱住撲到他臉前的那隻狗。然後，身體輕輕往旁邊倒，用柔道的袈裟固招式箝制牠。

冷靜得彷彿這一連串動作都是事前套好的招數。

「小白，抱歉對你這麼粗魯，只要一下下就好喔。」

根本用歉疚的語氣對狗這麼說完，又喊了我的名字：「樋口！」

「我的包包掉在那邊對吧？裡面有急救箱，妳可以幫我整箱拿出來嗎？」

我雖然看傻了眼，仍立刻回應：「好、好的。」從根本的包包裡拿出小小的急救箱，走到他身邊。

「小白，馬上就好喔。樋口，抱歉，可否幫我將消毒水淋在這孩子的前腳上？右前腳靠近關節的地方，不是有個傷口在流血嗎？」

我朝他用眼神示意的方向望去，果然有個長約五公分左右的割傷。傷口不深，還不到需要縫合的程度，只是，像把結痂的地方頂開似的，鮮血又冒了出來。

「要是放著不管怕會細菌感染，妳把整瓶消毒水都倒上去吧。」

「好、好的！」

我蹲在吠叫的白狗身邊，打開小瓶蓋，朝傷口灑消毒水。那隻叫「小白」的狗因為劇烈疼痛而不斷扭動腹部，根本用力抓住牠安撫。

「謝謝妳。再來，把紗布蓋在傷口上面。」

他躺在地上依序做出指示。我在紗布上纏繞繃帶，再包上固定繃帶。和治療人類傷口一樣仔細。

按照他的指示行動，拉好固定繃帶的拉鍊。

「多虧有妳，樋口。話說回來，幸好有在柔道課上學到這技巧。」

他整張臉都是豆大的汗珠，右手臂這才放開小白。坐起上半身，拍拍小白的頭說「你很勇敢喔」。制服襯衫的右邊袖子裂開了，他也一點不放在心上的樣子。

小白立刻站起來，激動地發出低沉的吼叫聲，之後就像對我們不感興趣似的跑進森林深處了。

「是說，從剛才就一直覺得有人跟著我，原來是妳啊。」

氣喘吁吁地說著，他從包包裡拿出不鏽鋼水壺。細長筒狀水壺中間有史努比的圖案。

「……你在這裡做什麼？」

我用狐疑的眼神，看著將倒在壺蓋裡的茶一飲而盡的他。

「這座森林啊，從以前就被稱作『棄犬森林』，無法繼續養狗的人，會把狗帶來這裡丟掉。往更裡面走，還能看到更多隻狗。」

把襯衫胸口的鈕釦扣好，他繼續說：

「不久前，我看到小白在學校正門口遊蕩，那時前腳就已受了傷，我無法當作沒看見，就跟著牠進入棄犬森林了。可是，牠是隻脾氣不好的狗，就算拿東西給牠吃，牠也遲遲不肯吃。」

所以午休時他才會在圖書室看調教狗的書啊。從襯衫袖口伸出的手臂上，留有被咬過的齒痕和抓傷，看來都是他至今與小白搏鬥的痕跡。

「對了，小白這名字是我幫牠取的。」他這麼說著，轉頭朝小白跑掉的方向看。

「我想跟小白做好朋友。牠現在只是因為被人類拋棄才在鬧脾氣，其實一定是個非常溫柔的女生。」

根本露出溫柔慈悲的目光。那雙清澈的眼瞳沒有一絲混濁，寫滿了擔心。

「對了，妳怎麼會跑來這邊？」

「不是啦、那個……」

話題忽然甩到我身上，把我嚇了一跳。清清喉嚨，我低垂視線告訴他：

「前天我們不是去課外教學嗎？你點了跟我一樣的清湯烏龍麵，還坐到我旁邊來，那件事……真的讓我很高興。還沒跟你道謝，心想今天一定要好好表達……謝謝你。」

說完，我自然而然鞠了個躬。

抬起頭，根本什麼都沒說。既不是難為情，也不是驕傲自滿。那張不假思索展現微笑的臉上，浮現跟剛才一樣溫柔的目光。

「小白，過來這邊！」

拿著帶有烤網焦痕的薄肉乾，根本對小白招手。

「不用怕，沒關係，小白，過來吃這個牛肉乾！」

我跟在他後面。可是，小白就是不過來。

這兩星期，小白吠我們的次數已經沒有當初那麼多了。前腳的傷徹底痊癒，包在傷口上的固定繃帶早被牠自己咬爛。

根本把飼料碗放在小白躲藏的草叢中，每天都在裡面倒入飼料。隔天再去看，飼料消失得乾乾淨淨，可見牠還是有吃。只是，如果想直接餵牠，牠就不會靠近。

「小白還不信任人類。以前的飼主一定對牠做過很過分的事。」

根本上次這麼說過。我想，他的猜測應該沒錯。

「反正明天是星期六，我把各種問題拿去問寵物店的人好了。那就下週見嘍！」

這天在根本這句話下解散，我前往社服機構做看護的打工。

從在森林裡遇到根本的隔天起，放學後我們總是去森林。教室裡我們的位子離很遠，在學校也不太說話。可是，一到放學時間，我們就會互相使個眼色，前往森林。有時我沿著髒水溝往前走，一看到根本出現在後面就笑了。這種「不一起去」的距離感令人愉快，我覺得這樣就好了。

和根本在森林裡度過的時間，對我而言愈來愈重要。

他和我一樣沒有兄弟姊妹。我把父親生病的事情告訴他，他也用認真的態度聽我說。與那孩子氣的外表相反，他其實是個性格成熟穩重的人。雖然在學校裡還是被女生小圈圈排擠，因為有這段和他一起度過的充實時光，我也就不在意那些事了。

灰色的雲覆蓋了整片天空。雨滴滴答答下了起來，落在茂盛的杉樹林上。氣象預報宣布關東進入梅雨季的這天，我還是來森林了。聽說大雨將下一整夜，就算是根本，今天大概也不會來吧。想是這麼想，為防萬一，我還是撐傘過來，結果他也在。穿著透明雨衣，正在拿肉乾給小白。

「小白，你肚子餓了吧？」

或許被雨淋得心情很差，小白比平常更粗暴。濡濕的身體緊繃，發出威嚇般的吠叫聲。

聽說調教秋田犬時，最重要的就是讓牠知道誰是老大。寵物店的人是這麼教根本的，不過他並未這麼做。

「小白一定從來沒被人愛過。我不想跟牠建立主僕關係。」

他像做出什麼宣言似的對我說。那語氣斬釘截鐵，我也無法多說什麼。

「小白，不用怕沒關係，過來這邊，來吃這個。」

我撐著透明塑膠傘，默默守在旁邊看。但是小白不肯靠近，或許因為雨愈下愈大，使牠更加焦躁，仰望天空大聲吠叫起來。這吠叫像是個號令，小白忽然衝上前咬了根本的右手。

「根本！」

「我沒事！」

我話聲未落，根本就先這麼大喊。小白咬著他的右手臂不放，他臉上雖然露出痛苦的表情，眼神依然很有力量。彷彿在說「你就把我的手咬斷試試看啊」，趁小白張開嘴巴時，反過來將自己的手臂往牠口中塞。

小白一臉不悅地鬆口。我站在雨傘下無可動彈。看看手錶，早就超過打工的時間了。

四下漸漸變暗，他們兩人仍在繼續搏鬥。根本手拿飼料靠近小白，小白往後退。小白上前試圖咬根本，根本反而向前拉近距離，小白又向後退。

手錶的指針顯示就快八點了。雨勢愈來愈大，力道強勁的雨點襲擊整座森林。

不知是否被雨勢嚇住，小白背轉過身，朝森林深處奔去。根本從鼻子裡發出粗重的嘆氣聲。今天大概只能到此為止了吧。正當他用眼神如此對我示意時，忽然傳出「汪嗚嗚嗚」的怪聲，迴盪在森林中。

根本朝小白跑掉的方向飛奔，我也跟著跑上前，他卻猛地停下來。隨著他的視線望過去，看見一面大湖，湖水混濁，湖面長滿綠藻。一條長著白毛的腿，從大雨中增高的水面冒出。

「小白！」

根本脫下雨衣，也不確認湖水多深就踩進去。蛙式向前游到湖心附近，試圖由下往上抱起大塊頭的小白。水不太深，他似乎勉強可以踩到底，把小白的臉拉出水面。然而，激動的小白四肢不斷掙扎扭動。

我焦慮不安左顧右盼，一座小木屋映入眼簾。門旁放著捲起來的水管，應該是用來放水的，就是這個了！

「根本！抓住這個！」

我跑向小木屋，拉長水管拋向水面。抱著小白身體的根本已抵達岸邊，拜託我說：「樋口！先把這孩子拉上去！」大概是發揮了腎上腺素的力量吧，儘管雙腳被泥濘絆住，我仍奮力拽住小白兩隻前腿往上拉。水位愈漲愈高，已經淹到根本鼻子旁邊了。力氣用盡，慢慢漂離岸邊的他勉強抓住水管。我站穩馬步，蹲低身子，雙手使出吃奶的力氣想把水管拉過來。可是，地面太濕滑，站也站不穩，無法發揮全部的力量。一屁股跌坐在地，手還是抓著水管不放。手臂的力量到了極限，只好把水管夾在左邊腋下，這才勉強拉得住。「樋口，別管我了，妳快逃吧！」一聽見根本這麼說的聲音，但我開始把固定在左邊腋下的水管一圈一圈纏繞在右手臂上。

「別放開水管，根本！要是你敢放手，我絕對不會原諒你的！」

我對著被水流帶向湖心的他這麼狂吼。

在食堂裡點清湯烏龍麵時他對我做的一切，我永遠不會忘記。這次輪到我幫他了。

大顆大顆的雨珠遮蔽住了視線，就在這時——

「發生什麼事了——？」

手電筒的光線照在我臉上。我們來的那個方向出現了一個人。

像是帶領著那人似的，小白一邊汪汪吠叫一邊來到我腳邊。比小白晚幾步出現的，是個撐著傘的中年男人，嘴裡頻頻詢問「怎麼了？怎麼了？」朝我們跑過來。

「請幫幫我！」

我發出請求，男人站到我身前，用力抓住水管。雖然因為腳下泥濘而滑倒了好幾次，我們兩人仍持續拉動水管。

終於將根本拉回岸邊，我們分別抓住他的左右手，慢慢拉上岸。

「根本！你沒事吧？」

蹲下來檢視他的臉，趴在地上的他撐起上半身，氣喘吁吁地說：「沒事，沒事，樋口妳沒受傷吧？」儘管上氣不接下氣，看上去應該沒有大礙。

「妳太亂來了，樋口。」

「我才想說這句話好嗎。」

不客氣地這麼頂回去，根本垂下眼角。我忍不住笑了。

依照前來搭救的男人指示，我們暫且移動到小木屋。全身上下都濕透了，就這麼坐在屋簷下的簷廊邊。

「都發布大雨警報了，你們還跑來這種地方做什麼？」

男人傻眼地看著我們。根本輕聲道歉低下頭，簡單說明事情的原由。

「對了，您怎麼會知道我們在這邊呢？」

他一邊扣回鬆開的襯衫鈕釦，一邊這麼問。男人朝湖面瞥了幾眼後說：

「那隻白狗跑到我公寓樓下汪汪叫個不停啊。因為實在太吵了，我撐著傘出門察看，牠就咬住我牛仔褲的下襬，把我往森林裡帶。沒辦法，只好跟著牠過來，一來就看到你們在湖裡了。那隻狗啊，一定是想救你們喔。要道謝就去謝謝那隻狗吧。」

剛才還在旁邊的小白，不知何時跑到湖畔去了。

雨勢漸漸變小。視線前方，小白正盯著我們這邊看。

後來才知道，原來那天下了破紀錄的大雨。現在回想起來，還真虧我們敢在那種日子裡跑進森林。

去森林的隔天是星期六，連假本想好好休息，沒想到事與願違。我的父親猝逝了。

父親狹心症惡化，這幾年一直反覆進出醫院。那個大雨日子的兩天後，星期天早上起來時，房間裡的父親身體已經冰冷。死因是急性心臟衰竭。

葬儀在慌亂中結束，等一切都處理完，我的情緒才潰堤。想起與父親之間的種種回憶，傷心得連從床上爬起來都辦不到。和母親討論過後，決定暫時請假不去上學。

休息了差不多一星期，我終於提起精神去學校。放學後跑進森林，卻沒看見根本。靈機一動走向上次那間小木屋，他也不在那裡。

湖畔西側有條斜坡路，看起來應該是人為開拓的，左右兩邊還拉了細細的鐵絲當圍欄。我扶著鐵絲往上爬，爬上一座小山丘。

與附近亂長的樹木形成對比，只有這一帶整理得很整齊。後方放著兩根磨得光滑的圓木充當椅子，小丘中央是一片修剪得齊高的翠綠草皮。沒想到這座森林裡還有這樣的地方。

聽見有人走動的聲音，視線掃過去一看，根本站在小丘深處的草叢裡。

「妳上次沒感冒嗎？」

發現我來了的他，一邊轉過頭來一邊這麼問。「我沒事，根本呢？」我走向他身旁。

「我也沒事。別看我瘦小，其實很耐操的。」

「那就好，不過，我倒是被爸媽臭罵了一頓。說我都那個時間了，怎麼也不跟家裡聯絡一下就跑到那種地方。」

說著說著，我想起過世的父親，心情黯淡了下來。想到那天，臥病在床的爸爸說不定還在擔心我。

根本用略帶憂鬱的眼神凝視走到他身邊的我。大概察覺我的消沉了吧，他什麼都沒有說。
父親過世的事，根本應該知道才對。我整整一星期沒去上學，級任導師不可能不對班上同學說明原因。
「……我爸過世了。」
承受不住尷尬的沉默，我開了口。微微低頭思索接下來該說什麼，胸口卻一陣激動，說不出話來。
「……大概兩天前吧，我發現了這座小山丘。」
過了一會，他這麼說著，視線從我身上移開。
「從這座小山丘上，一眼就能看盡我們住的小田原喔。樋口也看一下。」
他雙手扠腰，我站在他旁邊，如他所說往下俯瞰。凝神細看，看得見小田原城的天守閣。再過去就是湛藍廣闊的相模灣了。有生以來，我還是第一次這樣俯瞰自己出生成長的城鎮。
「樋口啊。」
根本喊了我名字一聲，滔滔不絕地說起來。

「我沒有過失去父母的經驗，所以不能說自己能理解妳有多難過。假設我真的有過失去父母的經驗，我還是不敢說自己懂妳的心情。說什麼能夠理解別人的心情，我認為那是不負責任的說詞。畢竟每個人遇到的狀況都不一樣。」

他看著我，視線不再轉移。接著又很快地說：「可是啊，我是這麼想的。」

「雖然妳父親不在了，但身為他分身的妳還活著。所以，只要妳過得開心，令尊一定也會很高興。妳的幸福就是令尊的幸福喔。我想，這就是所謂的血緣。所以，妳只要做會讓自己開心的事就可以了。妳應該一直擁有笑容才對。」

真摯的言語擲地有聲，在我心中不斷迴盪。

失去父親之後，我內心始終抱持著一個疑問。那就是，我的父親這輩子真的幸福嗎？

心臟不好的他，從小就體弱多病。這幾年幾乎都在家臥床不起。不到五十年的短短人生，會不會從來沒發生過什麼好事？這麼一想，我就覺得他好可憐，心裡難受得緊。

可是，根本卻這麼說。他說「孩子是父母的分身」，如果從這個角度解釋，父親的人生等於還在延續。

根本從書包裡拿出史努比水壺。接過他遞給我的杯子，拚命強忍的眼淚終於奪眶而出。

這時，斜坡那邊傳來噠噠的腳步聲。回頭一看是小白，跑到我腳旁繞來繞去。

「小白……」

我蹲下來撫摸牠的頭，牠為我舔去沿臉頰滑落的淚水，嘴裡發出嗚嗚的聲音，親暱地向我搖尾巴。

「妳請假沒來上學這段時間，我已經跟牠混得很熟了。來，小白，吃點心嘍！」

根本拿出牛肉乾，小白立刻撲向他的手。「好棒，乖孩子！」他摸摸小白的頭。

小白出現一會兒之後，斜坡那邊又來了一隻全黑的狗。只見這隻狗瀟灑地穿過草皮，開始在小白身邊打轉。

「牠該不會是小白的男朋友吧？真是的，不能小看小白呢。」

我將手中杯子裡的麥茶一口喝光，抬頭仰望天空。耀眼的晴朗陽光，從厚重雲層的縫隙間灑落。

隔天起，我們會帶小白在森林裡散步。根本幫小白戴上水藍色的新項圈，再扣上牽繩，隨小白想去哪裡就去哪裡。不過散步的尾聲，固定都會去那個小山丘。

有一天，根本拿錄影機錄了起來。

「樋口，妳要多笑一點啊。」

每次他這麼要求，我就會比個 YA，臉上浮現笑容。小山丘的草皮柔軟，我們每天都會躺在草地上，中間隔著小白。

仰躺在柔軟的草皮上，根本曾這麼對我說：

「其實我個性很怕生，唯獨跟樋口在一起卻沒問題，真是不可思議。」

我也是啊。

內心這麼附和。那時，我已經清楚知道。

知道自己喜歡根本。

不是朋友的那種喜歡。根本對我而言已經是無可取代的人。

沒想到，進入七月後的某天，媽媽對我說，這學期結業典禮後，我們就要搬去岡山縣和外婆住。

我腦中一片空白。要是搬了家就見不到小白了。當然，也見不到根本。

我沒辦法告知根本這件事。對他的心意也還沒表白。就這樣在什麼都沒有說的情況下，只有時間不斷流逝。

結業典禮前一天，導師告訴班上同學我要轉學的事。沒有哪個同學為此表現出特別難過的樣子，只有根本的態度不一樣。

「根本。」

在教室裡叫住他，他只是繃著一張臉，什麼都不回應。後來我只要逮到時間就想找他說話，他卻刻意迴避我的視線，快速離開。

結業典禮當天，典禮結束後，我直接去了森林。這或許是和根本最後一次見面的機會。不過，我打算在這天告白。對他的心意不斷高漲，我不能在沒有表白的情形下與他分開。

沒想到，他沒去森林。小白出來迎接我，但到處都找不到他。湖邊、小木屋和那個小山丘，都不見他的身影。

臨去之際，我用力抱緊小白。一定要過得好好的喔，小白。還有，根本也是。

我將眼眶泛出的淚水抹去，離開這座充滿回憶的森林。

僧侶在玄關旁的起居室誦經，裡面還設置了小小的佛壇，左右兩邊擺著高雅的花圈。

來弔唁的客人從座墊上起身，依序上前上香。裝著根本的棺木放在佛壇和香爐中間，彷彿君臨整個空間。

察覺外面忽然鬧哄哄的，身旁的公公離開位子。

「請你們回去！」

院子裡傳來怒罵的聲音，平時和氣穩重的公公難得這麼大聲說話。大概又是媒體。

根本在醫院嚥下最後一口氣，遺體之後送往警方進行驗屍。從事故發生到兩天後守靈的今晚，不管我們到哪，媒體就追到哪。「家屬現在心情如何？」「聽說根本先生送醫時還有生命跡象，可否請您詳細告知他死去的前後經過？」記者這些沒血沒淚的問題，不知道讓我們死者家屬心有多痛。

守靈結束，弔唁的客人紛紛點頭致意離去後。

「妳還好嗎，小智？」

所有人都離開了的起居室裡，公公在我身邊坐下來。

「我不要緊。爸爸才要多保重，您還好嗎？」

我擔心地問，為了讓我放心，公公露出笑容。

擔任喪主的公公不知道有多辛苦。從和葬儀社討論，到配合警方調查，一切都由公公一肩扛起。我曾說要幫忙，他卻什麼都不讓我做。公公已經六十多歲了，事故發生至今，連一次都沒聽過他喊苦喊累。

「小智，蘋果削好了，妳吃一點吧。」

婆婆也端著托盤走過來。

決定和根本結婚時，最開心的人就是婆婆。這下我們家要娶到最棒的媳婦啦。小智，妳可以把我當成親生媽媽喔。她這麼對我說。

這對夫妻用至高無上的愛，接納了父母雙亡，無依無靠的我。

「……差點忘了，得打電話去取消婚禮場地才行。」

只有這件事絕對不能讓他們兩位幫忙。婚禮原訂三個月後舉行，喜帖早已寄出。

觸碰智慧型手機螢幕的手指劇烈顫抖。打從去年底接受求婚以來，我一直活在絕頂幸福中。不知道夢見幾次自己身穿純白婚紗站在他身旁的模樣。現在，我即將親手終結這個夢想。

「小智……」

婆婆緊緊握住我的左手。

「謝謝妳喜歡我們家慎一郎。」

鼻頭也顫動了起來。以為已經哭乾的淚水奪眶而出。一旁，從事故發生至今一直強裝堅強的公公肩膀顫抖，雖然緊咬著嘴唇忍耐，眼淚還是從他發紅的眼睛滴落。

小黑汪汪叫著跑來大門口。

眼淚沿臉頰滑落，小黑為我舔去淚水。我在公婆與小黑的陪伴下，回憶起和根本開始交往時的事。

轉學到岡山的高中，畢業之後我考取照護社工的執照，在岡山市內的社福機構找到一份工作。然而，三十歲那年，母親也忽然撒手人寰。

不知是什麼因緣巧合，媽媽和爸爸一樣死於急性心臟衰竭。失去丈夫之後，我的母親依然沒有休息，不斷地工作。或許她是太勉強自己了。

那時外婆早已逝世，傷心失意的我決定回到出生成長的小田原城鎮。因為高一時在社福機構打工過的關係，回到老家後人脈還在。透過以前的朋友介紹，在一所專為老年人服務的日間照護中心工作。

就在那年的十二月底。

那天，下班後我走進一間路上看見的大眾食堂。

「請給我大碗豬排丼，還要一份咖哩烏龍麵。」

用杯緣缺角的水杯灌水，鼻孔重重噴氣。失去母親的喪失感，過了半年依然未能痊癒，反而造成體重暴增。身高不到一百六十公分的我，這時的體重早已超過六十公斤。年紀老大不小了，卻連個男朋友也沒有。照理說，以我的年齡，就算已經結婚生子也不奇怪。可是，我光是為了活下去就筋疲力盡，無法想太多將來的事。

「久等了。」

女店員把飯菜端到我桌上。一頭白髮的女店員走路時右腳一瘸一瘸的。結帳櫃檯旁放著一輛折疊式輪椅，看來她的腳不太好。

一看到她，就會想起我過世的父親。長年臥病在床的父親，儘管自己身體不好卻很疼我。每天上學時，他都會拄著拐杖走到門口目送我出門。

「謝謝招待，今天的飯菜也很美味。」

正當我內心陷入感傷時，坐在店內後方的一個男人這麼說著，從位子上起身。揹著深藍色後背包的他，自己用托盤把裝咖哩的盤子端回廚房。還拿下廚房掛鉤上的抹布擦起自己的桌子，仔細得連角落都不放過。

「每次都麻煩你了，真不好意思。」

腳不好的女店員一臉抱歉地說著，男人就把手放在臉前揮著說「小事、小事」。看到往門口走去的他的臉，我停下手中正要夾豬排的筷子。曬得黝黑健康的臉，一雙如孩子般圓亮的眼睛。

「你該不會是……根本？」

飯粒從嘴裡飛出來，但我已經顧不得這麼多。

「……樋口？」

嘴裡發出驚呼，他睜大了眼睛看我。

四目相對了好半晌，眼淚自然而然湧現。別說能從這張臉上找到小時候的樣貌了，眼前的他和當年幾乎沒有兩樣。想起和他的第一次相遇，就是像現在這樣在一間食堂裡。回憶起那時候他為我做的事，內心激動不已。

或許受到情緒不穩定的影響，淚水的水龍頭一扭開就轉不回來。

「怎麼了，樋口？妳沒事吧？」

「抱歉……不是啦，只是覺得根本你一點都沒變啊。」

他拉開後背包拉鍊，拿出手帕。敞開的後背包側袋裡，露出有史努比圖案的水壺。正是以前用的那一個。

「咦？為什麼眼淚都停不下來？可是，看到根本和以前一樣都沒變，我真的好開心……」

明明只講了兩三句話，內心卻充滿強烈的安心感。掠過眼前的那些回憶光景，讓我變成黑白的視野有了色彩。

「……我應該也沒什麼變吧？」

想著要找個開朗點的話題，想了半天最後丟出這個問句。沒想到，眼角微微下垂的他說：「樋口，妳不要生氣喔，絕對不要生氣喔。」

的淚水。

「老實說，妳好像比以前胖了一點。」

搔了搔太陽穴，他露出促狹的微笑。被他這麼一笑，我也跟著笑了。多久沒笑得這麼安心了呢。恍惚想著這件事，用他遞過來的手帕擦去臉頰的淚水。

巧遇根本的三天後，我和他又去了那天的食堂。

「話說回來，你真的一點也沒變啊，根本。不管是外表還是散發的氣質，都跟以前一樣。」

「大概吧，公司的人都說『你明明一臉小孩樣卻很頑固，這樣不行啊』，一天到晚被罵。」

重逢那天，臨別時我們交換了聯絡方式。我傳了訊息給他，約定下次一起吃飯。這間食堂離彼此的家都不算遠，於是再次來訪。

「根本，你現在做什麼工作？」

我大口咬下豬排丼中間的大塊豬排。平常要是眼前坐著男人，我才不會吃得這麼豪邁，一定會刻意縮起嘴巴，像個女孩子一樣吃得文雅一點。可是，在他面前我一點都不用顧慮那麼多。

「在南鎌倉車站旁的寵物店工作。我啊，還是喜歡動物。」

他說高中畢業後就考到了動物訓練師的執照。我心想，果然是根本會做的事。

「對了，小白後來怎麼樣了？」

這十五年來，內心一直掛念著這件事。他清了清喉嚨，聲音低沉了些：

「別擔心，後來我家領養了小白。遺憾的是，牠三年前走了。即使如此，我想應該曾給過牠幸福的生活。」

「……這樣啊。」

雖然感傷，但也慶幸養了小白的是根本而不是別人。牠的一生肯定是幸福的。

「還有好多好多關於小白的事想說，下次再慢慢說給妳聽。」

我高興得笑了，一口氣扒光剩下的豬排飯。

在詢問他各種現況之中，有件事我一直問不出口，打算從對話裡打探。雖然他左手無名指沒戴婚戒，但仍無法百分之百確定。就算他真的還沒結婚，也可能有女朋友。不過，我已經不想再繞遠路了。

吃完飯，他放下筷子，沉默籠罩了我們。小心翼翼地偷偷做個深呼吸，抬起眼睛望向他。

「那個……」

「那個……」

我開口的同時，他也開口說了一樣的話。從那羞赧的表情，我直覺明白他想說的是什麼。雖然他說「樋口妳先說吧」，大起膽子來的我卻馬上回應：「你才應該先說吧，你是男生耶。」

「……喔，不是啦，我是想問，樋口妳有對象嗎？」

像個小男孩似的，根本的臉都羞紅了。「對象」這種老派的說詞聽起來實在太可愛，瞬間解除了我的緊張。

「沒有喔，我沒有男朋友。」

自尊心阻止了我說出「一直不曾有過」。然而，聽到我這麼說，根本的回答是「我也一直沒有對象喔」。雖然有點在意他用了「也」這個字，但是聽來事情正往好的方向發展，我也就高興得沒想到要去指出這一點了。

害羞的根本在那之後什麼都沒說。似乎相當坐立不安，頻頻拿起水杯喝水。雖然和預期的有些不同，最後，純粹喜歡他的心情還是促使我開了口：

「如果你願意的話……」

「如果妳願意的話……」

再次異口同聲。呵呵，我忍不住笑出來，他也跟著笑了。

之後，彼此什麼都沒說，只是一直笑出聲音。就這樣，我們開始交往。

「媽，可以幫我試試咖哩的味道嗎？」

我把裝在小盤子裡的咖哩醬遞過去，婆婆將盤子湊到嘴邊試嚐後，對我比了個「OK」手勢。這道咖哩的作法，是過世的母親教我的。

「我也來試試味道。」

坐在後面暖爐桌的公公也跑進餐廳。用調羹試吃後，公公喜孜孜地對我豎起拇指。

差不多交往兩個月左右，我就來拜訪根本家了。他的父母溫柔接納失去雙親的我，公公已經退休，每天都在家，四人圍著餐桌吃飯也是常有的事。

「根本，你也來試試味道嘛。」

聽到我這麼招呼坐在暖爐桌裡看書的他，婆婆就皺著眉頭說：「你們兩個，都在交往了還用姓氏稱呼對方嗎？」根本回答：「沒關係啦媽，我們這樣就好。」

因為兩人臉皮都薄，我們一直羞於直接稱呼對方的名字。不過，總覺得這很有我們的風格，挺不錯的啊。從以前就是這樣了，我們決定今後也以「根本」、「樋口」來稱呼對方。

「好吃！下個月我生日時也煮咖哩給我吃吧！」

根本這句話，讓我露出開心的笑容。

不知是否聞到咖哩的香味，嫉妒我們有好東西吃，養在門外的狗汪汪吠叫起來。根本把這隻名叫小黑的大型犬教得很好，非常親人。

「小黑，進來吧！」

根本打開玄關大門，小黑衝進餐廳。甩著一身黑毛，像是在說自己也要吃似的，抬起兩條前腿朝我撲過來。

眼前的時光，讓我感到至高無上的幸福，充滿彷彿觸手可及的溫暖，忍不住祈求這份幸福能夠持續到永遠。

窗外刮著十二月猛烈的風。身穿風衣的人們彎腰聳肩，與強風對抗。

「這是今天的Poisson。」

一個超乎必要大的大盤子放在我們面前。

「Poisson好像就是指魚類料理。」

看根本不知道該怎麼吃，一副如履薄冰的樣子，我低聲這麼告訴他。不過，我也是剛剛才用手機查的。

今天是我人生第三十二次的生日。雖然早已決定要在外用餐，根本為了給我一個驚喜，之前一直不告訴我他訂了哪間餐廳。工作結束後，我們在南鎌倉車站碰面，再一起走來這間法國餐廳。

儘管這裡沒有服儀限制，和店內其他散發優雅氣質的顧客相比，我倆還是顯得有點格格不入。我和根本都沒上過這種高級餐館，當然也不懂任何餐桌禮儀。

「套餐贈送葡萄酒，兩位需要嗎？」

身穿黑色西裝禮服的男人，臉朝正前方彎腰，彬彬有禮地詢問。我和根本都不會喝酒。差點想問「不喝的話，酒錢的部分可以退費嗎」，趕緊甩甩頭，把這句已到喉頭的話甩掉。「不然，用茶杯裝一點紅酒就好。」我裝模作樣地說。

「好的，就用酒杯裝一點給您。」

那個男人複誦時把茶杯改成了「酒杯」。在莫名的被害妄想中，我很難不認為對方把我看扁了。

這時，根本的叉子掉落地面。正當他想彎身撿拾——「讓我來就好」附近的店員伸手制止了他。語尾有些含荊帶刺，簡直就像在暗指我們什麼都不懂似的。

那之後，總覺得舉手投足都被店員監視，一餐飯吃得如坐針氈。

「那麼樋口，重新再祝妳一次生日快樂。乾杯——！」

我們回到小田原，來到一如往常的食堂，用裝了柳橙汁的杯子碰杯。

「樋口，真抱歉，難得妳生日卻搞成這樣，對不起！」

「沒事啦，根本。不過，不適合自己的事果然不該去做呢。」

把杯子舉到嘴邊，我皺著眉說。

「智子，生日快樂，這是招待你們的。」

食堂阿姨端出盛在大盤子裡的炒蔬菜。因為太常來吃，現在我們已經是店裡的熟面孔了。

「雖然遲了一點，樋口，這是生日禮物。」

坐在面前的根本遞出一個大紙袋。取出裡面的東西拆開包裝，現出的是黑色托特包。

不久前，他陪我去為過世的父母掃墓。那時，我包包的背帶斷掉，回程繞到百貨公司想買新的，但每個拿起來看的包包都好貴，結果還是沒買。

「這是上次那個包包……你專程去買來給我的嗎？很貴吧？」

「別放在心上，還有這個也給妳，是球鞋喔。」

說著，他又拿出另外一個紙袋。

「妳穿的鞋子差不多該報銷了。還有這個，這是低反彈座墊。妳最近不是常嚷著腰痛嗎？還有這個——」

一樣接一樣介紹，最後他將一個方方的戒指盒放在桌上。寶藍色的小盒子，沒有任何包裝。我不明就裡慢慢打開，散發光澤的絨布縫隙間，四平八穩地放著一枚戒指。戒指正中央，有著璀璨的大顆鑽石。

「樋口。」

「……」

「請妳跟我結婚。」

他語氣真摯，已經不像上次想跟我告白時那樣羞赧了。

事情來得突然，我傻愣在原地。還來不及高興，反倒先湧上一股好笑的心情。世界上哪有人在大眾食堂裡求婚的啦。

可是，他這種不假修飾的地方，我並不排斥。應該說，我很喜歡。不管是慶生還是求婚，這種食堂絕對最適合我們。

回想起來，我們交往將近一年了。和他在這間食堂重逢之後的事，按照時間順序流過腦海。

「……嗯。」

我害羞地點了點頭。為了掩飾難為情，伸長筷子夾炒菜，卻因視野一片模糊而夾不起來。

好不容易夾住嫩白的豆芽菜，吃在嘴裡清脆美味。

自從他向我求婚，我整個人都像被一件名為幸福的外衣團團包圍。只要在他身邊，總是有股飄飄然的感覺。

事情就發生在春天第一陣強勁的東南風吹過鎌倉的那天。

輪值午班的我，那天也在上班的日間照護中心一如往常地工作。下週就是根本的生日了。難得的節日，我打算為他做個和平常不一樣的咖哩。一邊想著這些事，一邊照顧中心裡的老人家。

「聽說妳下次要去看婚紗啦？阿姨好羨慕妳喔！」

在通往員工餐廳的走廊上與上司山田小姐擦身而過，她輕拍了拍我的肩膀。從我決定結婚以來，山田小姐動不動就鬧著我玩。

婚禮預計六月三日在鎌倉的飯店舉行。海邊的教堂，是我和根本一起去看過之後決定的。

我連一次都沒戴上婚戒。畢竟是做看護的職場，總不好戴上鑲了鑽石的戒指。去看婚紗那天，我打算第一次將婚戒戴上。

「樋口小姐，宇治木先生好像來了。」

山田小姐在我耳邊悄聲這麼說著，匆匆跑向門口。

宇治木先生患有早期失智症。不過，健忘的症狀還不嚴重，自己一個人也能生活。只是約莫兩星期前，他的孫女過世了，那之後他就一直沒來照護中心。

今天來到中心的宇治木先生消瘦許多。蒼白著一張臉，眼窩像被毆打過似的凹陷。

山田小姐帶著宇治木先生到位於中心最後面的職員休息室。對裡面的職員使個眼色，大家就紛紛寒暄離去，讓宇治木先生盤腿坐在可供好幾個人一起打通鋪的榻榻米上。

「宇治木先生，您要喝點什麼嗎？」

湊近他的臉問，卻沒有得到反應。身為一個照護社工，這時該說什麼才好呢？正當我如此自問時，宇治木先生從夾克口袋掏出一顆粉紅色的螺旋貝殼，若有所思地盯著那個貝殼看。

「好漂亮的貝殼喔。」

我試著微笑。

「……這個貝殼，有我和死去孫女之間的回憶。」

宇治木先生勉強擠出聲音這麼說。

「那孩子還在讀小學時，說想去撿貝殼，我就陪她一起去了江之島。她是非常貼心的孩子，撿到了兩個粉紅色的螺旋貝殼，就把其中一個送給我。還說，這樣就和爺爺成雙成對了。這麼貼心的孩子為什麼會……」

看到他目眶泛淚的樣子，我實在不知道該說什麼才好。

這種時候，或許該讓他一個人獨處吧，我想。

「宇治木先生，我等一下再過來喔。」

輕輕這麼說完，我就走出了休息室。這時，大廳那邊傳來鬧哄哄的聲音。液晶電視螢幕上，映出一輛翻覆的電車，老人家們聚集在電視機前看得目不轉睛。

「樋口小姐——」

早一步回到辦公室的山田小姐從走廊轉角跑過來，拖鞋發出啪啦啪啦的聲音。

「好像有一位姓根本的女士打電話給妳欸。」

是婆婆打來的嗎？婆婆很少打電話到我上班的地方，我懷著疑惑的心情走到辦公室，接起櫃檯上的電話。「喂？」

「小智？抱歉打擾妳工作……」

「媽？怎麼了？」

「妳冷靜聽我接下來要說的話喔。慎一郎搭的電車，脫軌了。」

「欸？」

「慎一郎搭的電車脫軌了！」

「根、根本他沒事嗎？根本他沒——」

「總之，妳馬上到南鎌倉綜合醫院來，先這樣。」

掛上電話，我感覺到心臟跳得愈來愈快。不安的情緒像沾了濕冷的水一般緊黏全身。在同事催促下，我搭上計程車。

在那之後，到了醫院的我見到的是根本的遺體。

那一瞬間，包圍我的幸福感變成一件冰冷的衣服。

心情都還沒整理好，根本的葬禮就結束了。

電車脫軌事故發生後兩星期，我和根本的父母來到鎌倉某間大飯店。中午過後，發生事故的東濱鐵道公司將在這裡對受害者舉行說明會。這間原本應該當作宴會廳使用的寬敞大廳內，鐵道公司高層坐成一列，和坐在整齊排列的我們被害者家屬面對面。

「關於賠償金，等事故調查委員會的結論一出來，敝公司就會好好處理。」

坐在正中央的東濱鐵道公司社長，用公式化的語氣這麼說。大概認為只要付錢就沒事了吧。那種說話方式完全透露出他的心態，教人怒上心頭。

「不是錢的問題吧！」

不知誰這麼大喊。上了年紀的社長面不改色。「總而言之，這次會發生意外事故原因，都是敝公司駕駛員的錯。」竟然講這種話，試圖擺出一副自己也是受害者的態度。

這次意外事故中，車上一百二十七名乘客裡，有六十八人死亡。重傷者也超過四十名，其中包括意識尚未清醒的傷者，這表示死亡人數還有可能增加。

發生了這種前所未見的慘案，莫名其妙的藉口卻說得比反省的話語還多，這點令我從頭到尾都很生氣。東濱鐵道公司打從一開始就堅持意外發生的原因是駕駛超速。然而，當被害者與家屬在說明會上要求他們說明事故發生的前因後果，他們只說「由於司機本人也死了，目前這個階段還不清楚詳情」、「要等事故調查委員會做出結論」。除此之外什麼都不說明。

「我個人的意見是這樣啦，這次事故的傷亡者只限車上乘客，或許可以說是不幸中的大幸。」

說明會開到一半，社長說了這麼一句話，他或許沒有惡意，我的理智卻再也按捺不住怒意，一口氣爆發。

「開什麼玩笑……」

雙手用力握拳。

「開什麼玩笑啊你！」

一股衝動驅使下，我猛地起身。

「發生了有人喪命的事故，哪可能是什麼不幸中的大幸！你們到底有沒有認清自己做了什麼？」

我質疑的語氣裡滿是激動。

「因為這次的事故，我失去了最愛的未婚夫。你們奪走的不只是他的生命，也奪走了他的未來。同樣被奪走未來的，還不只有他而已。我的未來已經不再有他了，你們知道自己連受害者家屬的未來也奪走了嗎？不要默不吭聲，回答我啊！」

離開自己的位子，甩開身邊制止我的手，我走向前面坐成一排的經營高層。

「請你們回答！回答我！給我回答啊！」

公公從背後抓住哭叫的我的手臂，就這麼把我拉下去，緊緊抱住我。微微顫抖的公公上半身汗濕得很不尋常。察覺他整個人比事故發生前瘦了太多，眼淚再度翻湧。

「智子，豬排丼飯，我幫妳做了大碗的喔。」

老地方食堂的阿姨，輕輕把托盤放在我桌上。對著一邊說「打起精神」一邊輕撫我肩膀的她，我只能做出僵硬的笑容。

電車脫軌事件發生之後這兩個月，我把自己關在家裡，閉門不出。四月底，好不容易能回職場工作，上班時間鎮定劑還是不能離身。憂鬱的情緒動輒來襲，會突然覺得活著好痛苦。

食慾全無。就在我嘆口氣，想把疲憊嘆掉，無力的手伸向筷子的時候──

「妳知道西由比濱車站鬧鬼的事嗎？」

和我中間隔著一張空桌子的對面那桌，傳來有些奇妙的對話。

「不知道，那是什麼？」

「前陣子，鎌倉線不是發生電車脫軌事故嗎。最近啊，聽說發生事故的西由比濱車站，深夜會出現那個。」

「哪個？」

「鬼啊。」

用完餐的兩個年輕女孩，面對面坐著聊天。

「我們公司裡有人在那場事故中失去親人，聽說那個人就在深夜的西由比濱車站目睹女鬼。」

「真假？」

「除了那個人之外，也有人看過半透明的電車駛過深夜裡的鎌倉線，還有人搭上那輛幽靈電車喔，光是我身邊就聽到不少傳聞。」

「那該不會跟鎌倉生魂神社有關吧？」

「很有可能。因為脫軌的電車好像有撞到生魂神社的鳥居。畢竟大家都說那間神社從以前就很不妙嘛。」

正要夾起豬排的筷子停在半空。鎌倉生魂神社——那是一間位於南鎌倉的小神社，傳說中，死去的人靈魂以生前的狀態停留在那裡。從以前到現在，那裡出現幽靈鬼魂的傳聞就沒停過，我小時候也聽說過好幾次。

現在的我，沒辦法對這樣的事聽聽就算。

說不定可以見到根本——

我像溺水的人抓住水面的稻草，決定等一下就去西由比濱車站看看。

「不好意思，已經十二點，本店差不多要打烊了。」

喝完馬克杯裡最後一點可可亞，我走出咖啡店。不遠處的視線前方，是夾在住宅區中間的車站月台。穿過車站南側的住宅區，就是名為由比濱的海濱地帶了。側耳傾聽，還能聽到微弱的海潮聲。

發生電車脫軌事故至今，即使鎌倉線上的事發現場調查已經完成，上行與下行列車依然停駛。我是搭計程車從小田原過來的。

凜冽的靜寂中，我在平交道旁的長椅上坐下。緊盯著長長的月台看，女鬼卻遲遲不出現。那或許只是道聽塗說的謠言。

心想，等到一點好了，要是到時依然什麼都沒有就回去吧。才剛這麼決定，就看到一輛黑色的列車，沿著鐵軌從上一站的茅崎海岸站駛來。與黑夜同化的車身，離西由比濱站愈近，那形體就愈大。我不由得懷疑自己的眼睛，因為微微透明的車身裡，有許多人在車上。

感受著加快的心跳，我穿過敞開的剪票口。踏上空無一人的月台時，那輛電車已經發出尖銳的煞車聲靠站了。

「這輛電車啊，只有一心放不下脫軌事故的人才看得見喔。」

一個年輕女孩，從月台另一端步步靠近。

「行駛時的聲音，也只有對事故抱持強烈情緒的人才聽得見。我看，妳好像看得到這輛電車嘛。」

她走到我面前站定，細長的鳳眼瞥向我。因為身高頗高，雙手抱胸的姿勢很有魄力。

「……妳是鬼嗎？」

我露出懷疑的表情，她用手撥開長長的瀏海說：「嗯，對啊。」

「那妳有……名字之類的嗎？」

「我叫雪穗。如妳所見，是個高中女生。」

她身上穿著看似制服的衣服。白色長袖罩衫領口打著淺紫色的緞帶蝴蝶結。和緞帶一樣花色的裙子短短的，露出兩條直長腿。因為那份美貌，不可思議地竟不覺得恐怖。

正當我盤算該問什麼問題時，停靠月台的電車慢慢動了起來。自稱雪穗的女孩望著電車行進的方向自言自語：

「這輛電車啊，經過西由比濱車站後不久，就會消失嘍。」

在她如此預言的幾分鐘後，遙遠的鐵軌那頭傳來轟然巨響。

「……怎麼回事？」

我靠近她問，雪穗看了我一眼。

「我不喜歡兜圈子，就簡單說明吧。剛才通過這個車站的，正是今年三月五日鎌倉線上脫軌的那輛電車。而妳，有資格搭上那輛電車。」

「欸！」

「妳可以見到當天搭在這輛電車上的人。」

「……可以見到死去的人嗎？」

「對，不過，要搭上這輛電車，必須遵守四個條件。」

說著，她將四個條件告訴我。

●只能從死去的犧牲者上車那一站上車。

● 不能把即將遇害死亡的事告訴死去的犧牲者。
● 在電車通過西由比濱站前一定要下車。一旦通過西由比濱站，搭上這輛車的人也會遭遇事故死亡。
● 就算見到事故中遇害的犧牲者，現實世界也不會產生任何改變。不管做什麼，在事故中死亡的人都不會復生。若是試圖在電車脫軌前讓車上的人下車，馬上就會回到現實中。

聽完她的說明，腦中湧出幾個疑問，其中最讓我在意的，是最後一項條件。

就算見到事故中遇害的犧牲者，現實世界也不會產生任何改變。不管做什麼，在事故中死亡的人也不會復生——

「如果妳能遵守這四個條件，明天深夜就可以去想見的人上車的那站。剛才那輛電車，一樣會開到月台邊。」

雪穗再次將雙手盤在胸前，抬抬手說了句「那就這樣」便瞬間消失。這消失的方式倒是很像鬼魂，增加了剛才她那些話的可信度。

我沒有一絲遲疑。就算現實世界不會有任何改變也沒關係，就算根本不會復活也沒關係，我想再見他一面。

隔天，深夜一點。

我出發前往事故發生前，根本搭上電車的小田原城前站。這也是平常出門時離我最近的一站，不用擔心找不到路。

車站附近杳無人跡。我闖進剪票口，長驅直入月台。為了讓自己鎮定下來，正打算吞下醫生開給我的鎮定劑時。

宛如翻開新的一頁，周遭倏地明亮。

我身邊不知何時多了一個不認識的中年女人，對面的月台上，還有成群正在等候下行列車的上班族。看看左手腕上的手錶，顯示現在的時刻是十點四十四分。這裡正是事故當天早晨的月台。

軌道另一端傳來電車規律震動的聲音。

「——小田原城前、小田原城前站到了。」

廣播聲慢條斯理響起，同時，昨晚見到那輛有黑色車身的電車，也拖著長長的煞車聲停靠月台邊了。車門噗咻一聲打開。

一連串令人難以置信的光景，使我茫然不知所措。這時，我看見揹著深藍後背包的小個子男人穿越剪票口。

「根本……」

倉促之間，我用包包遮住臉，以免被他發現。根本一點也沒察覺，上了六節車廂中的第二節。我趕緊從同節車廂的另一個車門閃身上車。

電車的車輪開始緩緩轉動。外側車身看上去雖然呈半透明，車內倒和平常搭的電車沒有兩樣。無論是橫長的座椅，還是兩兩相對的座椅，看上去都是顏色飽滿，和現實世界沒兩樣。

不過，車上的乘客人數，比新聞報導中提到事故發生當下的乘客人數似乎少了點。或許有些人等一下才會上車，可是第二節車廂內只有不到二十人，未免太少了。我想，在意外中倖存的人，大概不在這輛幽靈電車上。

車廂聯結處旁設置著面對面的四個位子，根本就坐在那裡。不過，現在可沒空站著傷感了。「——下一站是前川、前川。」聽到廣播聲在車廂內流洩，我決定執行事前想好的策略。

「根本，下車嘍！」

電車抵達前川車站，車門敞開那一瞬間，我跑到他面前。「樋口……」無視他的驚訝，我強拉著他起身，往車門外跑。

沒想到下車後，車門將關未關之際，原本明亮的天空急速變黑。幽靈電車從眼前消失，身旁的根本也不見了。

「不是跟妳說過，一旦嘗試讓車裡的人下車，立刻就會回到現實世界？」

不知何時，雪穗站在愕然失語的我身後。

「大家都跟妳一樣，不相信我提出的四項條件，認為只要下車就會得救，硬是要拉遇害的人下車。可惜，那是行不通的。」

「……」

「我再說一次喔。即使和死去的犧牲者見了面，那個人也不會復活，現實世界不會產生任何改變。願意接受這點的話，妳再去搭這輛電車吧。」

她用權威的態度這麼說著，用力盤起雙臂。接著又說「還有……」補上這句話後才消失：

「幽靈電車的車體一天比一天透明了。我猜，不久後就會被上天收回，妳最好不要以為機會還很多。那就這樣。」

趴在地上的小黑猛地起身，把下巴放在我大腿上。我摸摸小黑的頭，用水將藥錠灌入喉嚨。

我現在所在的地方，是根本家的餐廳，家裡沒有其他人，我想著昨晚雪穗說的話。

——和死去的犧牲者見了面，那個人也不會復活，現實世界不會產生任何改變。願意接受這點的話，妳再去搭這輛電車吧。

和一開始的想法不同，現在的我認為，就算去見他，或許也只會痛苦而已。見了面又能怎樣。再說，見了面之後，我該跟他說些什麼。

雪穗說搭上幽靈電車的第二項條件，是「不能告訴遇難者他即將死去的事」。要是可以把即將死去的命運告訴他，至少還能當成是見最後一面，好好跟他道別。可是，看情形這又行不通。

「我們回來了！」

正當我托著下巴陷入思索時，公公回來了。「星期天路好塞喔。」說著，往我面前一坐。

「小智，妳有好好吃中飯嗎？」

遲了一點進來的婆婆，也在公公身旁坐下。

「有，很好吃。」

「……這樣啊。」

婆婆只簡短回應，把一個大紙袋放在腳邊。其實我一點食慾都沒有，連一口也沒碰婆婆做給我吃的燉肉。不過，我的謊言似乎瞞不過他們兩位，只要看到他們關心試探的眼神就知道了。

「……事故發生之後一直很忙亂，沒機會好好跟妳說。」

公公脫下西裝外套，朝我轉身。

「從今以後，小智妳永遠還是我們的女兒喔。所以，什麼都不需要擔心。遇到任何困難，希望妳能儘管來依靠身為父母的我們。」

彷彿在等公公說完似的，婆婆也接著說：

「我也要好好跟妳說。無論別人怎麼講，妳都是我的女兒。說這話雖然對妳過世的父母不好意思，但是妳這個女兒，我們是要定了。昨晚我們兩人談過，小智，妳願意的話，要不要搬過來和我們一起生活？我們年紀也大了，有妳在可就幫了大忙呢。要是我們哪天失智，就要靠妳照顧我們嘍。」

說著，婆婆露出親暱的微笑。

他們兩位今天去了鎌倉的某間律師事務所。雖然我也表示要一起去，他們卻不讓我跟。還說，跟事故有關的後續麻煩事，都讓他們處理就好。

婆婆放在腳邊的紙袋我並不陌生，那是東京一間南瓜布丁專賣店的紙袋，我曾當著他們的面說過自己喜歡吃那個。所以，他們是專程為了我跑去東京買的。

剛開始看身心科的時候，他們也陪我一起去了醫院。在大廳等看診時，公公對我說的話，至今難以忘懷。

「小智，心會生病，正證明了妳是個認真活著的人。隨隨便便活著的人，心絕對不會生什麼病。正因為曾那麼認真地愛過一個人，現在妳的心才會得了小感冒。心靈的疾病，反過來說正證明了面對人生的態度誠實。我認為妳可以為自己感到自豪喔。」

我必須感謝自己擁有如此出色的公婆。也必須感謝根本。照亮我人生的那道光，永遠都是根本。我得去見他最後一面，當面和他道謝才行。

可是，現在病成這樣的我，在他面前能保持冷靜嗎？

不經意地，雪穗提示的幽靈電車第三項條件掠過腦海。

──電車抵達西由比濱站前，一定要找其他車站下車。一旦通過西由比濱站，搭上這輛車的人也會遭遇事故死亡。

我從身體深處吐出一口氣。在紛擾的思緒中，做出再次搭上那輛電車的決定。

「小田原城前、小田原城前站到了。」

車身半透明的電車抵達月台，黑色車門發出宛如衝破空氣的聲音開啟。

我坐在長椅上，揹著後背包的他快步從我面前經過。一看到他衝進第二節車廂，我也從同一扇車門上了車。

他走向靠近第三節車廂的面對面座位，在那裡坐了下來。將背包放在腳邊，手肘靠在窗框上，眺望窗外的景色。

站在離他稍遠的地方，我目不轉睛凝視那張側臉。四十一分鐘後，電車即將抵達西由比濱站。其實連一秒也不能浪費，我卻無法轉移視線。那張側臉，是平常約會時，轉頭就能看到的表情。

牽手的時候，我喜歡仰望身旁的他這張稚氣未脫的側臉。要是坐到他對面的位子，就再也看不到這張側臉第二次了。

「……根本。」

確認車門關上後，我叫了他。

「樋口……」

「我出來辦點事情啦。」

低垂視線這麼說著，在根本面前坐下。

我仍有點不知所措，躊躇著不敢看他的眼睛。手伸進放在腳旁的托特包，明明沒有要拿什麼，還是假裝在找東西，藉此讓自己鎮定一點。

偷偷深呼吸，慢慢抬起頭。可是，正面迎上他的臉那一瞬，原本想好要說的事，全都拋到九霄雲外了。

打從發生那起電車脫軌事故，這兩個月以來，每天晚上出現在夢裡的那張臉，現在就在我呼氣可及的距離。

腦中一片空白，一句話也說不出口。

瞥一眼手錶，搭上車已經過了將近五分鐘。還有三十分鐘多一點，就要和根本永別了。想到這一點，視野開始模糊。

我伸出雙手摀住臉。一直說服自己接受，卻至今無法接受的現實，在這一刻依然難以接受。

「對不起、對不起……」

勉強擠出的聲音在顫抖。眼淚像是無止境似的，不斷從眼睛深處汩汩而出。

根本只是用濕潤的眼神凝視這樣的我。連「怎麼了？」都不問。他向來都是這樣，每次我慌了手腳，他都不會先追問原由，總是耐心等到我平靜下來為止。

他渾然不知我現在面對的是何種狀況。可是，我現在的外表，可是比當初瘦了將近十公斤，一般人至少會疑惑為何忽然瘦了這麼多吧，他卻完全沒有這種反應。只是用守護的眼神，靜靜等候我止住眼淚。

「對不起喔，根本。因為婚期近了，我情緒有點不穩定……」

說著聽起來很合理的藉口，手伸進包包裡。他想遞手帕給我，我制止了他，從包包裡拿出小手巾擦眼淚。

哭過之後，壓在心頭的什麼似乎釋放了些。

為了轉換沉重的氣氛，腦中尋找談話的題材。對了，根本下週生日呢。好不容易閃過腦海的這句話，卻在臨出口前又吞了回去。因為，他甚至沒有明天。

「……話說回來，這景色真好看。」

像是要打破沉默，根本伸了個大懶腰。

「我啊，從以前就喜歡在這班車上眺望大海。」

他的表情瞬間發光，視線投向窗外。住宅區的另一端，有著蔚藍遼闊的相模灣。

「這班車我從小搭到大，最喜歡在這裡遙望大海想事情了。那無限寬廣的大海，感覺就好像自己的未來，光看就能獲得勇氣。大海真的很棒喔，真的，很棒。」

電車停靠在小磯站。風從海邊吹來，留下淡淡的海潮香，車門再次關上。

「……根本，可以問你一件事嗎？」

一方面為了緩和氣氛，話就這樣脫口而出。

「雖然自己問這問題覺得有點害羞就是了。」

「怎麼了？」

「沒有啦，就是……想說，根本你到底喜歡我哪一點啊？」

這件事，至今一直無法問出口。因為包括外表在內，我對自己毫無自信。

根本笑了，一點也沒有難為情的樣子，反而語帶驕傲地回答：

「妳有很多魅力，但對我來說最重要的，就是和妳在一起很快樂。一起聊天很快樂，一起吃飯也很快樂，一起和小黑玩也是。和妳共度的時間，我總是很快樂。」

「……」

「還有，我喜歡妳在老地方食堂點豬排丼飯這一點。」

「欸？」

「因為普通女生不都會因為害羞就不點豬排丼了嗎？我好喜歡妳一點也不客氣大嚼豬排的樣子。」

「那我也有話要說，根本你拿筷子的姿勢簡直亂七八糟，教你這麼多次了還改不過來。」

我嘟起嘴巴。根本搔搔頭，露出傷腦筋的笑容。

嘴上這麼挑剔，老實說我很高興。望向我的眼神，正是屬於根本的眼神。

「妳從以前就自然不做作。今後這一點也請永遠不要改變喔。」

「……如果……我是說，假設喔。」

順著這個話頭，我提出事先想好要提出的問題。問這問題需要勇氣，我也有所猶豫，但是仍在一個深呼吸後，把話說出口。

「假設哪天根本你死了，我說自己也要跟著死，你會怎麼樣？」

在這輛幽靈電車上，不能把即將喪命的事告訴對方。但是用這種假設句拐彎抹角說就沒問題了吧，我猜。

這是我無論如何都想問的事。或許拐彎抹角策略奏效，電車並未像昨晚那般瞬間消失。見他默不吭聲，我繼續說：

「充其量只是個假設喔，你就當玩笑話聽聽就好，如果根本你死了——」

「我不答應。」

「……」
「我絕對不答應。」
他二話不說地回答。
「要是妳那麼做，我絕對不會原諒妳。」
「…………」
他兇狠的語氣，使我不由得挺直背脊。和剛才溫柔的視線一百八十度不同，他惡狠狠地瞪著我。我還是第一次看到這樣的根本。
「樋口。」
他喊了我的名字，凶狠的表情緩和下來。
「我只希望妳做一件事。」
「……」
「我只要妳過得幸福就好。開心地和狗玩，津津有味地大吃豬排丼。我希望妳一直擁有笑容。十年後、二十年後，就算變成老太太了，也要一直擁有笑容，一直。」

「…………」

電車速度慢了下來，停靠在茅崎海岸站。熟悉的月台景色，敲開腦海中的記憶之門。

剛開始和根本交往時，我正為了日間照護中心的工作煩惱。某個放假日，在鎌倉跟根本吃過飯後，我們搭上電車回小田原。無論吃飯的時候也好，回程的店車上也好，他都一直耐心傾聽我的煩惱。

因為公司派我隔天到茅崎海岸附近的社福機構幫忙，而且一大早就得開始工作，那天我事先預約了海邊的飯店。電車抵達茅崎海岸站，向根本揮手道別後，先下車的我頹坐在月台長椅上。一想到第二天的工作，就提不起勁回飯店。

坐在月台長椅上動彈不得時，突然有人拍了拍我的肩膀。抬起頭，根本坐在我身邊。

「根本，你怎麼會在這裡？」

「我還是無法放下妳一個人。」

原來他在下一站下車後，又專程搭車回來。大概是在發車後的電車裡看到我低頭坐在長椅上的模樣了吧。後來，他一直坐在那裡聽我說話，直到最後一班電車開走。

「……根本，你為什麼對我那麼好？」

電車開始朝西由比濱車站前進，我提出這個問題。

「這種事還用問嗎。」

說著，他眼角帶笑，這麼對我說：

「因為是妳啊。」

「……」

「因為樋口是樋口啊。」

「…………」

感覺就像手錶的針分秒不差地停下來。

過了一會兒，激動的情緒擴散整個胸中。

他究竟有多麼愛我。

我既不特別可愛，身材也不特別好，又沒有很多錢。

他卻選擇了這樣的我。

愛著我。

守護著我。

每次想起他，最初浮現腦海的，總是點完那碗清湯烏龍麵，坐到我身邊的他。

他用壓倒性的溫柔包圍貧窮的我。在這個生存不易的世界上，像他這麼為人著想的人有多少？

直到現在，我仍每天想起。

大雨那天，在森林裡與小白對峙的事。

把他從水位暴增的湖裡拉出來的事。

令胸口發熱的每一頁記憶裡都有他。

沒有根本，我的人生就沒有光彩。

「——下一站西由比濱、西由比濱要到了。」

車內廣播的聲音彷彿從遠處傳來，一邊聽著廣播，我一邊從包包裡拿出戒指盒。

「根本、那個，我今天，我、我……」

我支支吾吾，鼓勵自己注視他。

「我……把戒指帶來了。今天，我想說……還連一次都沒在根本面前戴上過……」

我從盒子裡取出戒指。正打算自己戴上，根本就輕輕將戒指拿走。

「…………」

他默默地，輕輕抓住我的左手。什麼都沒說，一點一點將戒指戴上我的無名指。

包覆眼球的濕意，終於像被什麼推擠出來似的靜靜滾落。

像雨滴從葉子上滴落一般。

沿著雙頰拉出兩條漂亮的線。

我與根本相吻。

一碰觸到那柔軟的嘴唇，某種絕對無法以言語表達的東西就充滿了全身。

電車速度急遽變緩。

吞下積在鼻腔深處的淚水，果斷放開他的唇。從位子上站起來，背對他朝車門移動。要是再看一次他的臉，我怕自己會下不了車。

可是，最後必須告訴他才行。把對他的感謝告訴他。

好好地，向他道謝。

鋼鐵車輪發出嘰噫嘰噫的聲音，停住了。

我下定決心，朝他轉頭。

話到嘴邊，又硬生生吞了回去。

我說不出口。

因為，一旦最後說出這句謝謝，我就要正式跟他道別了。

「根本——」

電車脫軌事故至今，我一直哭，一直哭，哭到最後，心中剩下的情感並非感謝之情。

我說不出謝謝。
我說不出再見。
因為我——
因為我愛根本。
「根本。」
車門，開了。
輕輕抹去眼淚。
我回過頭，展現最燦爛的笑容對他說：
「根本，下禮拜你的生日，我煮咖哩給你吃喔。」

背海的玻璃教堂裡，鋪著長長的新娘紅毯。自然光透過玻璃照進來，閃爍著晶亮的光芒。

搭上幽靈電車隔天，我造訪了原訂舉行婚禮的鎌倉那間飯店。婚禮已經在兩個月前取消了，只是我最後還想來看一眼會場。

「樋口小姐？」

連接教堂與飯店本館的走廊上，一位年輕女性叫住了我。她是這次原本幫我們籌劃婚禮的婚禮企劃師。

「這次的事真的非常遺憾，請節哀。」

她深深地彎腰鞠躬，我反而過意不去了。

「沒能幫根本先生和您辦成婚禮，身為一名婚禮企劃師，同時身為一個女人，都讓我感到非常自責。」

「不，給您添了麻煩，我才真的非常抱歉。」

從第一次造訪這間飯店那天起，她就貼心地站在我們的角度提供諮詢。雖然婚禮沒有辦成，我還是很感謝她。

「還有，我一直在猶豫，有件事不知道是否該告訴樋口小姐。」

她露出苦惱的神情。

「其實，根本先生委託我製作在婚宴上播放的影片。因為這個流程預計是要給您一個驚喜的，所以一直沒讓樋口小姐您知道。身為工作人員，我也有保密義務，後來又發生了那樣的意外，實在也無法隨便提起這事……」

說到這裡，她又補充一句「影片已經製作完成了」。從那意在言外的沉默看來，她是在等我主動提出要求。

「請讓我看影片。」

我這麼一拜託，她立刻低頭回答「好的」。在她費心安排下，我得以在原本計畫舉行婚宴的宴會廳看影片。

她帶我來到宴會廳。這間大廳堂空間寬敞，大概容納得下一百五十人吧。目前雖然沒有擺放桌椅，隔天似乎有人要在這裡舉行婚宴，飯店工作人員正在準備裝飾的花籃和座位名牌。

「請坐在這裡。」

一位男性工作人員帶我到宴會廳中央的圓桌旁。道謝後，我坐在椅子上，婚禮企劃師為我端上泡好的花草茶。

「那麼，現在開始播放。」

在她的號令下，場內燈光轉暗。大廳前方的天花板垂下一片投影螢幕。

『給樋口』。

全白的螢幕中央，浮現這麼一行手寫字。文字消失後，出現了廣大森林的全景影像。

一隻白狗，在森林裡奔馳。

森林裡的斜坡。

湖畔。

還有那個小山丘——

映在螢幕上的是高一那年，根本拍小白時留下的影片。

還是高中生的我，拉著小白身上的牽繩帶牠散步。影片裡，我背對著湖蹲下，小白舔舐我的嘴角。我害羞地笑著說，初吻被小白奪走了。

小山丘的草地上，我用雙手當枕頭，和小白並排躺著。樋口，妳笑多一點啦。回應他的要求，我比個YA，露出心滿意足的微笑。

影片裡的我總是在笑。

看起來好開心。

看起來好幸福。

不，那是實實在在的幸福。

我目不轉睛盯著以流暢節奏變換的畫面。隨著影片的流逝，我乾涸的心漸漸濕潤。

森林裡的影像結束，接著出現的，是在根本家裡拍的影片。庭院裡，身穿高中制服的根本對著小白丟飛盤。「你往哪邊丟啊，慎一郎」，掌鏡的婆婆聲音也收錄進去了。

突然，一隻黑色小狗出現在根本腳邊。「小黑也要玩飛盤嗎？」他蹲下來，黑色小狗開心地搖尾巴。

鏡頭特寫小黑狗的同時，根本的旁白說：

「小黑是小白的孩子。」

我忍不住倒抽一口氣。

「因為想嚇妳一跳，所以一直沒說。」

說著，根本開始解釋前後始末。

當年，我們在森林裡除了小白外，還曾看過一隻黑狗。黑狗和小白感情很好，總像一對戀人似地走在一起。根本後來養的小黑，就是小白和牠之間的孩子。

螢幕上出現小白與小黑嬉戲的影像，根本的旁白繼續說：

「得知妳即將轉學到岡山時，態度那麼冷淡真的很抱歉。對那時的我來說，怎麼也無法接受失去妳的事實。妳離開小田原的最後那天，我也不敢去那座森林。現在回想起來，實在是太孩子氣的舉動。真的很抱歉。

「小白雖然黏我，我卻一直沒想過要帶牠回家養。之所以決定飼養牠，是因為妳已經不在了。我這才知道，沒有馬上收養小白，是怕那樣就不能再和妳在森林裡見面。

「自從在森林裡相遇，我就一直喜歡妳。高中畢業後始終沒有離開老家這塊土地，也是認為說不定哪天還能在這裡見到妳。」

影片即將進入尾聲，最後，他直接對我說：

「婚宴結束後，我們一起去那座森林看看吧。」

穿球鞋的腳，嘩啦嘩啦踩進骯髒混濁的水溝前進。我還記得水草纏住腳的感覺。左右兩側的公寓，也依然是當年的樣貌。

「別跑那麼快啊，小黑！」

走在前方的小黑，站在引水道上的小木橋前回頭看我。猛烈搖著尾巴，像在說「快點來嘛」。

看了根本拍的影片三天後，我帶小黑來到那座森林。

驚訝的是，一深入森林，才發現這裡幾乎一點都沒變。湖畔那棟小木屋也跟以前一樣。

彷彿受到小黑的引導，我踏上森林裡的小山丘。

視野開闊的地點、光滑的圓木椅，還有整齊的綠草地。

「這裡也沒變呢。」

看到小黑躺在草地上，我也在牠身旁躺成了大字形。

仰望天空，父親過世那時，根本在這山丘上對我說的話閃過腦海。

——雖然妳父親不在了，但身為他分身的妳還活著。所以，只要妳過得開心，令尊一定也會很高興。妳的幸福就是令尊的幸福喔。我想，這就是所謂的血緣。

小黑露出開心的表情，開始在山丘上跑來跑去。

我心想。

小黑繼承了小白的血緣。

小黑過得開心，死去的小白也會很高興。

還有，只要我肚子裡的孩子過得開心，根本一定也會很高興吧。

前天，身體不舒服的我去了醫院，醫生檢查後，宣布我已經懷孕。

讓肚子裡的孩子幸福，就是讓根本幸福。想想，每當我人生遇到危機時，根本都在我身邊。高一父親過世時，母親過世後我陷入沮喪時，還有現在，他的死使我面臨人生最大的危機，但肚子裡有這個孩子在。根本再次拯救了我。無論任何時候，他都會帶給我未來。

月底，我就要把公寓退租，搬去他老家住了。和他的父母一起，一定要讓這孩子獲得幸福。

直起身子，從托特包裡拿出水壺。我接收了他的遺物，那個史努比水壺。

喝完倒在杯子裡的麥茶，一絲淚水從眼角滑落。

日光灑落樹林間，像是天空要告訴我什麼似的，柔和的光線包圍著我。

第二話　去見父親。

對方飛盤打中機台外圍反彈，衝進我方球門。頭上的計分表，顯示比數從八比八變成八比九。

「啊、可惡！」

把手上的擊球手柄往桌台上丟，只是為了做樣子給和我組隊的畠山哥看，假裝自己很有幹勁，其實內心一點也不懊惱。應該說，輸贏對我來說根本無所謂。我只是想讓負責教育指導的畠山哥認為我很認真在打這場桌上氣墊曲棍球而已。

拿出回到取出口的飛盤，放在桌面上。機台噴出的空氣讓飛盤浮起，用擊球手柄去撞飛盤，卻因為用力過猛，飛盤掉出機台外。

「啊、不好意思！」

我搔著頭，跑去撿往保齡球道方向飛去的飛盤。真想趕快回家。和光是待在一起就覺得累的人玩桌上氣墊曲棍球怎麼可能好玩。更何況對手是客戶廠商高層。光是和畠山哥組隊就夠難受了，玩個遊戲還要顧慮這個顧慮那個，實在是累死人了。

「給我！」說著，畠山搶走我撿回來的飛盤。從態度就能感覺得出他有多討厭我。

畠山哥把飛盤放回桌面，視線緊盯右側機台外圍。以為他想從那裡反彈飛盤，他又忽然上身一扭，改變擊球手柄的軌道。擊出的飛盤筆直衝進敵方球門。

「太棒了！」

確認我方分數增加為九分後，我比畠山哥更早發出勝利的怒吼。「真是漂亮的假動作！」接著，嘴裡說出言不由衷的讚美。畠山哥嘴角帶笑，黑框眼鏡底下的眼睛卻沒有笑意。臉上表情明顯寫著「少拍那種無聊馬屁」。

「決勝點！這桌真是一場激戰呢！」

隔壁機台早一步分出勝負的成員跑過來圍住我們。是公司裡和我隸屬同一部門的六個同屆菜鳥同事。

忽然緊張起來，臉皮不由自主抽搐。出社會這兩個月來一連串失誤造成的心靈創傷，讓我一受到眾人矚目就緊張。

一想到同屆同事都在看，右手就發起抖來。抓住擊球手柄的手太用力，擋下的飛盤飛出桌面。感覺眾人都在對我行注目禮，我撿起飛盤。

乾脆豁出去算了。不顧一切用力推出擊球手柄，飛盤描出漂亮的弧形軌道，滑進了對方球門。

「爽啦！」

能在眾人面前展現成果讓我很高興，打從心底做出勝利姿勢。同屆同事也都為我拍手。

可是，只有畠山哥不一樣。

「給我聽著，坂本。大家也都過來一下。」

趁兩位客戶去上廁所，畠山哥把我們叫到保齡球場的階梯邊。

「我說你啊，坂本。今天是來招待客戶的應酬吧？」

「……是。」

「所謂應酬，目的不就是要讓客戶開心嗎？今天大家一起喝酒打保齡球，也都是為了討他們歡心吧？玩氣墊曲棍球不也是一樣嗎？」

一邊伸手戳我的胸口，畠山咄咄逼人。

「贏人家是想怎樣？要做面子給人家才對啊！我剛剛跟你使眼神都沒看到？」

站在樓梯間，我一句話都無法回應。

「喂，多賀野，你怎麼說？」

畠山哥點名跟我同屆進公司的多賀野。畠山哥負責教育指導的對象就是我們兩個。

「如果我和坂本站在一樣的立場，一定會故意輸給對方。」

多賀野毫不猶豫，用那雙細長的眼睛看著畠山哥說。

「我想也是，多賀野，我進公司已經七年了，很久沒看到像他這麼不懂察言觀色的傢伙。」

畠山哥輕輕嘖了一聲，跑向上完廁所回來的兩位客戶：「我們再去續一攤吧！」

「難得的歡樂星期五，大家再找間店繼續喝吧！等一下去飛鏢酒吧好了，不用擔心趕不上最後一班電車，我會發計程車券給你們！」

在畠山哥的招呼下，多賀野用誇張的姿勢迅速跑到電梯前，為了強調自己很有行動力，還不忘對眾人招手：「電梯已經來了喔，大家往這邊移動！」

「……不好意思，畠山哥，我要回家了。」

雖然難以啟齒，我還是對殿後的畠山哥這麼說了。「啥？」他露出難看的表情，我低下頭說「先告辭了」。無視背後傳來的「你給我等一下」，逃離也似的奔下階梯。

陰暗又安靜的車站月台上，我仰頭喝下罐裝啤酒。坐在長椅打開手機，看見志保傳來的訊息。

明天的電影，我不能去了。下次再一起去澀谷吧。

我連為什麼不能去了都提不起勁問。現在的我，假日沒有那個心力和女朋友出去。

手機裡的群組聊天室裡，跳出畠山哥上傳的飛鏢酒吧照片。或許是故意想讓沒參加續攤的我看大家玩得多開心吧。對了，這個群組名叫「畠山和他的快樂小夥伴」，是畠山哥自己取的。

明明已回到離應酬地點最近的一個車站，卻不想就這麼回家。光是今天一個晚上就不知道惹畠山哥生氣幾次。什麼倒啤酒時標籤要朝上啦，跟地位高的人碰杯時杯子要拿低一點啦，隨便一點小事就要糾正我。想到下禮拜還要應酬，我就意興闌珊。

月台長椅上，除了我之外還有另外幾個上班族在喝罐裝啤酒。學生時代，我總想不通「為何這些人不回自己家喝啊」，現在終於能夠理解那種心情。我們是在享受獲得解放後的獨處時光。

就算回家，也可能被家人嫌東嫌西。說不定還會為了孩子的教育問題和太太起爭執。唯有在這昏暗月台上獨飲罐裝啤酒的時光，能讓人忘記那些事。一定是這樣的。

大學時代，可以配合自己的喜好選擇往來對象。遇到討厭的人，不要和對方扯上關係就好。可是，現在可就不能那樣了。

出神眺望過站不停的回送列車時，手機鈴聲響起。是大學網球社的夥伴。雖然想裝作沒看見，但實在響得太久了，我沒想太多就接起來。

「辛苦了，坂本。最近好嗎？」

「當然好啊，這還用問嗎？我現在跟同屆同事在飛鏢酒吧玩啦，很好玩喔，飛鏢。」

我從椅子上站起來，不讓旁邊的人聽到自己講電話的內容。

「坂本的公司是在丸之內吧？」

「對對對，在丸之內的高樓大廈裡唷。先別提這個了，找我什麼事？」

「不是啦，你最近都不接電話啊。社團的人在約下次聚會喝兩杯，想問你能不能參加。」

「抱歉，最近我公司聚餐很多，大概沒時間。不過，綜合貿易公司真是不錯，每天晚上都有大餐吃。」

「你跟志保還在繼續嗎？」

「當然當然，明天還要跟她去澀谷買東西呢。抱歉，輪到我射飛鏢了，先掛掉嘍。再聯絡！」

快速說完，逃命似的掛上電話。對不知為何死要面子的自己感到窩囊，一陣猛烈的自我厭惡襲來。大學畢業的時候，我發下豪語：「絕對不輸給大家！用年收入一決勝負吧！」既然畫了那樣的大餅，現在又怎能示弱。

回到長椅上，仰頭喝一口Highball，電話又響了。這次是父親打來的。再怎麼樣，這通電話可不能接。好不容易等他掛了，又收到語音留言。

「喂？雄一啊？我是爸爸。家裡院子的草長太長了，你能回來幫我除草嗎？你什麼時候回湯河原啊？請跟我聯絡。」

聽著他氣定神閒的要求，我忍不住嘆氣。雖說他最近滿六十歲了，整理庭院這種事自己一個人也做得到吧。

自從上大學，我就一個人搬到東京住。和住在湯河原的父母上次見面，是在姊姊的婚禮上。換句話說，已經超過一年不見了。他們每個月都會寄米到我住的公寓，現在這是我們親子之間唯一的聯繫。我從來沒有主動聯絡過家裡。

從以前我就瞧不起在地方上小工程行工作的父親。

父親是工地作業員，總是穿著髒兮兮的工作服。就連學校舉行「父兄到校觀摩日」時，他也穿著滿是泥濘的工作服現身。上高中後，他負責清掃學校附近的髒水溝，有時也會來修理校舍。我討厭被同學看見自己的父親，甚至曾假裝他是陌生人。

我絕對不想變成父親那樣。內心深深發誓，要把父親當成反面教材，於是拚了命用功讀書，考上東京有名的私立大學。不只如此，還順利實現心願，進入平均年收一千兩百萬的知名貿易公司工作。

可是，現在卻落得這副德性。

身處的環境和學生時代相差太多，我不但困惑，還每天都被迫面對自己的無能。

手機再次收到飛鏢酒吧的照片，我的心情更加消沉。

辦公室裡，打到部門代表號的電話響了起來。我心跳加速，緊張得身體瞬間僵硬。

我很怕在公司接電話。每當電話響起，總在內心暗自希望其他人先接起來。可是，這樓層的員工各個忙於業務，離辦公桌和電話最近的人就是我，不接電話說不過去。

「您好，這裡是山野商事食品原料部，敝姓坂本。」

「Hello, this is John Clemens from World Foods Corporation……」

聽見電話那頭流暢的英語，我不由得退縮。畢竟是貿易公司，跟國外客戶交易機會也多，經常有外國人打電話來。新進員工研習時，不知道練習了多少次電話英語，到現在還不習慣。

「I、I'm sorry, who、who is speaking?」

錯愕之餘，我沒聽清楚對方的名字。打電話來的人複述了一次名字，語氣卻帶有不悅。我著急得腦袋打結，語無倫次。

「So……sorry, Mr. John Clemens。呃……How、How、How can I help——」

我還來不及把話說完，坐在後面開會的多賀野一把搶走手中的話筒。像是刻意顯示與我之間的實力差距，他秀出一口道地英語。多賀野是英文系畢業的，英語非常流利。

敲著鍵盤的其他同屆同事紛紛發出竊笑。正坐在辦公室角落喝咖啡的畠山哥對我投以輕蔑目光。慘透了。

那天晚上，畠山哥把我和多賀野帶到公司附近的居酒屋。

「話說回來，你要到什麼時候才能好好接個電話啊，坂本？」

坐在我面前的畠山哥，一口喝光杯子裡的啤酒。我正打算往空杯裡倒酒，畠山哥的表情就變了。

「喂，都跟你說過多少次了，倒啤酒時酒瓶標籤要朝上啊。」

「啊、不好意思。」

我侷促地挪動身體，不小心踢到暖炕底下畠山哥的腳。

「啊、不好意思。」

「還有，我早就看不順眼了，你能不能別講那句『啊、不好意思』啊？你一天到晚講這句是怎樣，每次聽到那個『啊』我就想吐，別再講了好嗎！」

「啊、不好意思。」

「不是的吧，我才剛講完！」

畠山哥發出輕浮的笑聲，洋洋得意地望向旁邊的多賀野。多賀野拍著手露出虛偽的假笑，我卻一點也笑不出來。被人瞧不起到這種程度臉上還要堆笑，這種事我可做不到。

從進公司開始，畠山哥就很討厭我。這間公司的新進員工，從四月進公司當天一直到五月放黃金週假期這段期間，接受了徹底的研習訓練。畠山哥擔任公司內部講師，講課時不時開兩句玩笑，超過一百個新進員工就會發出整齊劃一的笑聲。然而，那種為了討好講師勉強自己笑的樣子令人聯想到某種宗教團體，我很不喜歡。那種時候，坐在第一排的我總是毫無表情。畠山哥一定很不中意這樣的我。後來，他開始會故意在研習中丟難題給我回答，讓我出糗。

研習結束後，我被分發到的部門，正是畠山哥所屬的食品原料部。他是這個部門的頂尖業務，倒楣的是，他還成了我的教育指導。為了挽回研習時的壞印象，我勉強自己在他講笑話時笑，可惜已經太遲。擅長待人處事的多賀野博得畠山哥的寵愛，我則是受到露骨的冷落。

「總之，我想說的只有一件事。」

畠山哥推了推眼鏡，喝完杯子裡剩餘的啤酒。

「想在這裡待下去，就不能被我討厭。我去一下廁所。」

「前輩，要再追加一瓶啤酒對吧？」多賀野立刻問正要起身的畠山哥。畠山哥站起來說：「你真的很機靈。」受到稱讚的多賀野用高高在上的眼神鄙視我。

「我說多賀野啊，你那樣不會活得很累嗎？」

目送畠山哥背影消失後，我講了難聽話。

「啥？」

「不管見到什麼人都拍馬屁，你不累嗎我問你。」

「不甘心的話，你也試試看啊。」

「……」

「拍馬屁有什麼錯？既然要在貿易公司工作，我判斷現階段的priority就是累積人脈。」

「別以為搰那些聽起來很難的英文就會讓你看上去聰明。煩死了，像你這種只會逢迎諂媚的傢伙。」

「像你這種只會給別人添麻煩的傢伙有什麼資格說我。」

「……」

我只能閉嘴。一口喝乾啤酒杯裡的 Highball，像要藉此壓抑內心的不甘。

「真是的，那個多賀野真的很討人厭。」

一屁股坐上和式椅，拉開圓桌上的罐裝氣泡酒拉環。這已經是今天晚上第五罐了。

「妳怎麼從剛才就一直不說話，志保，妳怎麼看？」

女友來我位於足立區的公寓玩。我和志保是在大三找工作時認識的。最近彼此工作都忙，今天是睽違一個月的約會。

「雖然不能一概而論，我倒不覺得多賀野的生存之道有什麼不對。」

本想尋求她的附和，眼前的她卻斬釘截鐵否定了我的意見。「妳幹嘛站在多賀野那邊啊？」我皺起眉頭。

「我又沒站在他那邊，只是我很能理解多賀野重視人脈的想法，為了拿到工作討好對方，我也不覺得這有什麼奇怪。」

志保說得頭頭是道，大眼睛轉啊轉的。

出社會後，志保開始會講些大道理。她進入知名服裝公司擔任儲備幹部。彼此剛進公司時，曾和多賀野一起三人吃過一次飯。

「你就是無謂的自尊心太重。」

「啥？」

「從好大學畢業的驕傲，是不是成為工作上的絆腳石了啊？出社會後，學歷根本不重要。」

「妳這傢伙少囉唆。」

「少用『妳這傢伙』稱呼我。抱歉，明天還要早起，我差不多該回去了。」

志保站起來，我看見她的提包裡放著好幾本厚厚的商務書。這讓我認清兩人心態上的差距，志保在我眼中忽然變得遙不可及。

「混帳東西！」

在沒有其他人的樓梯間，畠山哥對我怒吼。

「上面不是寫著業務機密嗎？你怎麼還帶出公司！」

「對不起！」

「你不知道員工守則嗎？這次要不是我碰巧發現，你搞不好會被記過處分耶！」

「真的非常抱歉！」

我臉色發白。夏日蟬聲中，畠山哥怒不可遏，我一個勁兒鞠躬低頭。

昨晚我獨自在辦公室裡加班，不小心看見畠山哥座位旁垃圾桶裡，有一份被丟棄的資料。整疊撿起來一看，上面寫著許多「如何有效增進銷售量」、「業務行銷的訣竅」等與加強業務能力相關的內容。

最近的我很心急。隸屬同部門的同屆同事中，有人已經從前輩手中交接業務，能夠自己一個人出去拜訪客戶拉生意了。想多少扳回一城的我，打算學習關於業務的知識。

「真的不好意思。我只是想帶回家研讀，為自己外出拜訪客戶跑業務時做準備。」

「我可還沒打算讓你自己出去跑業務啊！」

這句話，使我全身虛脫。

「再說，想研讀也不用帶回家，你可以在公司研讀啊！」

這句話再正確也不過。可是，我就是辦不到。只要在公司裡，我就會覺得自己隨時處於周遭監視下，無法集中注意力。接電話時也是如此，一想到這，整個人就會膽怯萎縮，連聲音都顫抖起來。

「真是的，準備月底的展示會已經夠我忙了，你還給我搞這種事。這件事，我就不跟部長報告了。要是被他知道，搞不好連我也會被罵。話先說清楚，算你欠我一次人情。」

畠山哥嘖了一聲，走回辦公室去。我也回到座位，打算把前輩交代我影印的東西交回去。然而，那位前輩隸屬別的部門，工作上又是第一次接觸，我一下子想不起對方到底是誰。

睡眠不足的關係，腦袋鈍鈍的。接連多日的加班與應酬之外，最近我每天都六點半到公司，在無人的辦公室裡獨自練習接電話。

「久等了，這是您要的影印。」

「我沒拜託你啊。」

「久等了，這是您要的影印。」

「也不是我喔。」

抱著那疊資料到處問，還是找不到人。

「這是您要我影印的嗎？」

「不是我。」

「您要的影印，久等了！」

「不是我。」

「坂本！影印是財務部櫻木哥要的啦！」

畠山哥用整間辦公室的人都聽得到的聲音大吼。「那傢伙怎麼又搞砸了。」映入眼簾的每個人好像都暗自這麼想著竊笑。

回到座位上，食品原料部的代表號電話響了。內心陷入矛盾，一方面想展現練習的成果，一方面又軟弱地想著要是有別人能接起來就好了。

「您好，這裡是山野商事食品原料部，敝姓坂本。」

最後還是滿腔的熱血戰勝怯懦。然而，當電話那頭傳來「Hello」，我腦中又是一片空白。

「He……Hello。How、How may I help you……This、this afternoon?……White？呃——呃——could……could you say……呃——呃——That、that again——」

說到一半，話筒離開了我的左手。戰戰兢兢抬頭一看，握著話筒的畠山哥對我翻了一個白眼。

黑夜中，安靜的首都高速公路上，我開著公司車疾馳而過。一輛車頂放著大塊衝浪板的車，彷彿難以按捺雀躍心情似的從右側車道超車而過。

週末開車去公路休息站是我的習慣。我喜歡深夜裡公路休息站的氛圍，只有坐在戶外長椅獨自喝咖啡時能忘記所有討厭的事。

眺望等間隔設置的橘色路燈往後飛逝。腦中閃過出社會後發生的種種事。

混帳東西。

你搞錯了吧。

同樣的事到底要跟你說幾次才懂。

進公司這四個月，只留下被罵的記憶。就算工作做得好，也沒人會稱讚我。因為在這個世界，把事情做好是理所當然。

握著方向盤，內心有另一個我偷偷希望自己車禍死掉，這樣或許就能樂得輕鬆。不如試著閉上眼睛開十秒鐘的車吧，我半認真地這麼想。這時，放在副駕駛座上的手機響了。螢幕上顯示出父親的名字。鈴聲不屈不撓地持續，我也跟他拚了堅持不接，最後轉為語音留言。

「喂，我是爸爸。我買了新電腦，但你也知道爸爸不擅長用電腦，中元假期你能不能回家教我用啊？等你聯絡。」

我忍不住出聲說「這種事不會自己查喔」。

我的父親到現在還在用舊型的折疊手機。所有機械電器他都不擅操作，毫無商務能力。或許遺傳到他的無能，我才會在公司裡工作得這麼辛苦，內心湧上一股責怪父親的情緒。

「畠山前輩，耽擱您一點時間好嗎？」

時間已經很晚，公司一樓的大會議室裡，眾人正忙於為展示會做準備。在這當中，多賀野走向正在確認傳單的畠山哥。

「什麼事，多賀野？」

「明天展示會結束後，是不是用釘書機把來場者的名片跟意見調查表釘在一起比較好？把相關資訊整理起來，以後談生意一定順利許多。」

「說的也是。你就是這麼機靈，唷！未來的社長候選人！」

畠山哥用手做出擴音器的姿勢，發出搞笑的聲音。多賀野謙虛推辭「千萬別這麼說」，連「怎麼能讓前輩主辦的企劃漏氣」這種肉麻台詞都講出來了。

我不會像多賀野這樣主動提出意見。畠山哥當教育指導時，曾對我下「要自己不斷找事情做」的指示，可是一旦我主動做了什麼，他又來糾正我「不要自作主張！」。從那之後，大家背地裡揶揄我是「一個口令一個動作的員工」，現在我只覺得這樣就好了。

我躲到不起眼的角落確認紙杯數量。明天要去丸之內某間客戶公司辦展示會。那是一間旗下擁有連鎖量販大賣場的公司，我們要帶食品業務部採購回來的東西，去那間公司的會議室做展銷。所有東西事先在我們公司準備好，明天早上用小貨車載過去。

「志保最近好嗎？」

正當我繼續確認試吃用的紙盤數量時，多賀野跑到我旁邊問。

「中元節假期，你們有去哪玩嗎？」

「跟你無關。」

最近我跟志保一直沒有見面。假日打電話給她，她也說要去聽講座，每次都拒絕我。雖然不時會傳訊息，對話也是雞同鴨講。

「怎麼，已經十一點了啊。」

畠山哥朝看似相當昂貴的手錶投以一瞥。

「好，今晚就到此為止。明天一大早出發，細節到現場再處理吧。你們可以回家嘍。」

紛紛說著「那先告辭了」，同屆同事陸續離去。我也打算回家時，畠山哥叫住了我：「坂本，你一個人留下來，我有話跟你說。」確定所有人都回家後，畠山哥把我叫到會議室最後方。

他一臉不悅地皺眉，掀開地上的一塊布，底下蓋的是明天要用的吊掛看板。這是預計掛在會場的保麗龍看板，仔細一看，橫長形看板中央有個凹洞。凹洞貫穿整片保麗龍，使得貼在這個位置的紙張往中間擠壓，寫在上面的字都變形了。

「這是你幹的好事吧？」

畠山哥用不懷好意的眼光瞪視我。

「什麼？」

「不是你踩破的嗎？」

「才不是！」

我把手舉在臉前猛揮，畠山哥卻不善罷甘休。「只有你會做這種事！」還用拳頭敲我胸口。

「……踩破這個的人，是畠山哥你自己吧？」

凝神細看，畠山哥右腳褲管下襬沾著細碎的保麗龍顆粒，我指出這一點。

說出來需要勇氣，但我怎麼也無法忍受被人強加莫須有的罪名。

「就算是我，那又怎樣？」

畠山哥似乎豁出去了，語氣反而冷靜起來。看我不說話，他又做出籠絡的表情說：

「你上次不是把機密文件帶出公司了嗎？」

「……」

「那件事的罪更重喔。當然啦，身為你教育指導的我也有責任。可是再怎麼說也是菜鳥新人，從進公司到現在就失敗不斷，最後連機密文件都帶出公司的人，公司也不可能……」

不用繼續聽下去，我也知道這個人想說什麼。「今天這塊招牌就當作是你踩破的吧。」他露出勝利者的表情，幾乎可說是大言不慚地這麼宣言。

我的心境已經超越憤怒，進入悲傷的境界。這種人竟然是我的教育指導。就算他業績頂尖，公司怎能放任這種人為所欲為。

「你真是個人渣。」

我不屑地吐出這句話，一拳搥向旁邊的目錄架。轉身就要離去時，背後傳來辱罵的聲音，我不想答理，就這麼走出公司。

抵達車站，在月台上的自動販賣機買了啤酒。想找人說話，一手拿著啤酒坐在長椅上，一手打電話給志保。

「抱歉，我現在跟公司的人在打保齡球。」

電話那頭，傳來興奮的尖叫聲。「志保美眉，妳在幹嘛，輪到妳上場了喔。」志保公司的男性員工用名字稱呼她，聽得出她在職場人際關係很好，我心中卻充滿悽慘的心情。

連為了什麼打電話都沒說就掛掉，智慧型手機的螢幕又閃爍起來。落寞地打開應用程式，「畠山和他的快樂小夥伴」群組顯示有新的未讀訊息。

『畠山前輩，今天辛苦了。明天一起加油喔～！』

『畠山哥，今天也謝謝您的指導！明天請多指教！』

某人搶先道謝，之後大家就開始競相發言。

過了一會兒，畠山哥也傳了訊息。

『今天大家都辛苦了～是說，吊掛看板破了一個洞！是誰踩的啊？（笑）算了算了，我不希望看到可愛的後輩被部長罵，現在請業者重做也來不及了，這次就當是我弄壞的，部長要罵就罵我好了。總之明天早上六點半在公司集合喔！明天的活動就先不吊掛看板了，大家多幫忙喔！』

畠山哥的訊息才剛跳出來，眾人馬上紛紛回覆『不愧是畠山前輩！』『畠山哥真是神溫柔！』

在依然悽慘的心情籠罩下，我踉踉蹌蹌搭上末班電車。身旁上班族抓著吊環，一臉疲憊。

在大學裡盡情享受學生生活時，每次看到筋疲力盡的上班族，我都認為那些人只是產生了惰性。可是，現在不同了。我覺得上班族好厲害，擁有能承受得住不合理要求的強韌精神，看在我眼裡簡直人人都是怪物。

電車窗玻璃上倒映著自己的身影。做不好任何一件工作，唯一做得好的只有自己打領帶。這樣的我看上去真滑稽。

孤獨像刀割在身上，打擊著我的心。窗外流逝而過的黑暗景色感覺莫名恐怖。我沒有自信繼續當一個社會人，或許因為微醺的關係，對未來的茫然不安讓我忽然想死。

隔天早上，我沒去上班。

再隔一天也沒去。

第三天早上還是沒去。

再下一個早上也——

在這之中，志保傳來訊息。

『分手吧。』

爬不出被窩的我，連質問她原因的力氣都沒有。只回了短短一句「好」。

我辭職了。

甚至沒有好好把工作交接出去，幾乎是以閃人的狀態離職。

出勤期間只有短短五個月。

我嚮往的貿易公司生涯，就這樣宣告結束。

辭去貿易公司工作的我，十月開始在東京都內的人力派遣公司工作。應徵的職種是行政。貿易公司的業務工作造成我心靈創傷，心想坐辦公桌的行政工作人際關係應該比較單純吧。我有漂亮學歷，又還畢業不久，很快就找到新工作了。

然而，這次撐不到一個月。

只要坐在辦公桌旁，就覺得隨時隨地有人在監視我。精神變得敏感，辦公室裡一有人發出笑聲，就不由自主以為在笑我。不走過去親眼確認被笑的人不是我就沒辦法冷靜下來好好辦公。

明明沒有人罵，也會為雞毛蒜皮小事消沉。假設原本郵件裡寫「收到！」的人，下次寫的「收到」沒有加「！」，我就會懷疑自己被對方討厭，腦袋一片空白。

辦公桌上的電話一響，我又會怕得離席，不敢接起電話。這樣的人公司怎麼會要。離開這間公司時，形同被解雇。

辭去人力派遣公司的工作後，十月底，手機收到來自父親的留言。

「喂，我是爸爸。我拿到職棒日本錦標賽的門票，要不要一起去看？是本壘後方的好位子喔。請跟我聯絡。」

我再次對父親的聯絡視若無睹。這通語音留言之前，他也打過好幾次電話來，我一次都沒接。

辭掉貿易公司工作的事沒告訴父母。

考上東京的大學時，我曾對父母撂過這種狠話：

「我將來會在大公司找到工作，絕對會成為大人物。進入大貿易公司上班，最後當上社長，你們等著瞧吧！」

聽我說得意氣風發，母親提醒我「不用給自己這麼大壓力呀，只要跟一般人一樣找到工作就好了」。可是，我因為瞧不起當工地作業員的父親，用強硬的態度頂嘴母親：「那樣是不行的，媽。不能在工作上發大財就沒有意義！」我在毫無根據的自信下志得意滿，找到工作那時也是，打電話回家說了不少大話。

老實說，現在的我只想回家抱著父母哭訴。可是，不能那麼做。

過完年，我搬到遠離市中心的地方住。

在貿易公司工作時，房租有公司負擔。現在無業的我不可能繼續支付房租，只得搬到兩坪左右的木造公寓生活。

因為沒通知父母搬家的事，選擇的是不需要保證人的公寓。老家每個月寄來的米，就利用郵局的轉送服務轉寄到新的地址。值得感謝的是，從去年秋天開始，除了米之外還會寄一些其他食品來。拜父母寄來的食物和貿易公司時代存的一點小錢，勉強還能過日子。

一月中旬，我開始在附近便利商店打工。

不過，這也持續不到一星期。本以為打工這點小事我應該做得到，沒想到現在的我，對「與人群接觸」這件事已經恐懼得無法自已。客人稍微抱怨一點什麼，我就有種自己被全盤否定的感覺，敲收銀機的手都在發抖。

連回到家也坐立不安。手機一響，身體就倏地彈跳起來，擔心是貿易公司時代認識的人打來。外出時，即使是貿易公司時代只去過一次的地方或道路，我都害怕得不敢經過。為了轉換心情外出時，絕對一步也不靠近丸之內那一帶。

很想找人說話，也曾盯著手機通訊錄看。可是，上面沒有任何我想見的人。我輕易就能想像和別人見面後，自己一定會更意志消沉。

絕對會拿自己跟對方比較。看到這個人工作充實的樣子就陷入沮喪，看到那個人交了女朋友又心生嫉妒。又或者，認為某人只是裝作沒有惡意的樣子跟我這個不幸的人講話，為的是讓我過得更不幸，我沒辦法跟這樣的人相處。另一個人則是裝作願意傾聽的樣子，其實只是想在我面前賣弄自己的心理學知識，所以我不想見他。

和我相比，通訊錄的每個人都閃耀得刺眼。找不到頻率與我相近的人，最後只能把自己關在家。

一陣溫暖的強風從江戶川河邊吹來。脫下薄外套挾在腋下，注視手中的存摺。

我每天固定到附近大型購物中心附設的ATM確認餘額。一月底，有個戶名「關東勞基署」的帳戶匯了二十萬給我。大學畢業一年內離職者不適用失業保險，我猜這大概是哪裡的手續出錯了。雖然如此，還是無法不期待繼續收到匯款。

不過，社會果然不是那麼好混的地方，這樣的奇蹟不可能經常發生，存摺餘額已經所剩不多了。

打算買個便宜飯盒回家，我走進購物中心。因為是星期六，都已經傍晚了，到處還是擠滿全家出動的人潮。

入口附近的超市正在舉辦食品花車特賣。不鏽鋼製的大型花車中，貼著「半價」貼紙的麵包堆成了一座小山。

我從昨天中午就沒吃任何東西了。隨著人潮的推擠靠近花車，為了挑選麵包殺紅了眼。與一旁的老人幾乎同時抓起一個豬排三明治，我用蠻力硬搶過來。現在已經不是覺得丟臉或顧及自尊的時候。

當我轉身想去買半價飯盒時，看見從購物中心入口走來的志保。

志保挽著一個高個男人的手，一臉幸福的樣子。看到男人的臉，我心跳加速。志保身邊的男人是多賀野。

剛進貿易公司時，我曾拜訪過多賀野獨居的公寓。那棟公寓就離這間購物中心不遠。

我慌亂得差點忘了現在身在何方。擠出僅存的一絲冷靜，把自己塞進擁擠的人群中。

他們兩人走進超市對面的烘焙坊，熟門熟路地拿起托盤，毫不猶豫夾起麵包。

那間烘焙坊的麵包，每個至少三百圓起跳。每次來購物中心，都會聞到烤麵包的香氣。心想總有一天要去買來吃，不是便宜又大塊的麵包，好想吃那小巧又塞滿香甜內餡的麵包。

隔著走道的超市這一側，我手中抓著壓扁的豬排三明治。從靠年金生活的老人手上搶來，一個九十圓的麵包。

心中充滿看不見盡頭的絕望。低著頭，一步也無法離開那裡。

突然，牛仔褲後面口袋裡的手機震動起來。害怕電話鈴聲的我，平常都關靜音。

隔著牛仔褲傳遞的震動遲遲不停止，我心不甘情不願拿起電話，螢幕上顯示母親的名字。

算了，怎樣都無所謂了。一股近乎自暴自棄的情緒襲來，久違地接了家裡打來的電話。

「雄一。雄一……」

電話那頭，傳來母親嗚咽的聲音。

「怎麼了？媽？」

「……你爸他……死了。」

「欸？」

「你爸爸他在今天早上的電車脫軌意外中走了！」

「…………」

腦中千頭萬緒，無法好好整理。母親要我立刻到南鎌倉體育館，我就這麼在搞不清楚發生了什麼事的狀況下衝出購物中心。

體育館的貨物出入口掛著一大塊藍色塑膠布。我在警察催促下，從塑膠布掀開的縫隙裡進入其中。

穿過通往室內球場的通道，瞬間氣氛變得和原本不同。四下瀰漫著一股沉重的氛圍，到處都聽得見嗚咽的聲音。

「雄一！」

球場角落的老姊對我招手。跑過去一看，母親跌坐在地上啜泣。鋪在地上的墊子上，父親就躺在那裡。臉比想像中還乾淨，只有西裝口袋破掉，除此之外沒有明顯外傷。

「剛結束檢查，說爸爸是頭部受到重擊。」

老姊的先生從背後把手放在我肩膀上。一臉凝重地接著說，因為爸爸錢包裡有駕照，很快就查明身分了。

搭計程車前往這裡的途中，我用手機查看了電車脫軌事故的新聞。沒想到自己的父親竟然搭在那輛電車上。

雙膝跪地，握住彷彿仰躺沉眠的父親的手。戴在左手的手錶玻璃錶面粉碎，說明事故當下的撞擊有多強烈。

上次看到父親，是在老姊的婚禮上，都已經是兩年前的事了。或許因為這麼久沒見的關係，面對這次事故，總感覺像發生在別人身上的事。

工作與私人生活都陷入窘境的我，心靈早已徹底乾枯。無論如何緊握爸爸失去溫度的手，眼淚依然近乎殘酷地流不出來。

月台上我的老位子長椅，被一個面紅耳赤的上班族佔據。感覺就像自己的容身之處被搶走，內心有點憤懣。

結束父親的頭七法事，我回到東京。發生電車脫軌事故之後，與事故相關的事，主要都交給老姊去處理。

都這種時候了，我還是無法把辭職的事告訴家人。父親葬禮一結束，我就謊稱「貿易公司工作很忙」，立刻回到東京家中。

「好，履歷表完成！」

長椅上，喝罐裝氣泡酒的我身旁，穿求職套裝的學生們正在製作找工作用的文件資料。儘管每個人嘴上都說「真的好厭倦找工作了喔！」，他們的眼睛依然炯炯有神。

看在我眼中，這樣的他們好閃亮。兩年前，我也和這群學生有著同樣的眼神。雖然厭倦已經不知道寫幾百次的履歷表和相關文件，內心仍充滿「總有一天要賺一億圓！」的雄心壯志。

一想起當時，死去的父親對我說過的話浮現腦海。

找工作那段時間，父親經常打電話來。不是教我面試西裝怎麼穿，有哪些禮儀要遵守，就是把自己蒐集來的公司資訊一一告訴我。

現在這個時代，那類資訊只要上網查，輕易就能找到。我在學校也參加過很多次模擬面試情境的講座了。所以，每次他打電話來，我都不耐煩地說：

「那種事我早就知道了！」

可是，父親沒有放棄。我投了山野商事履歷，等待面試時，他打電話來我也不接，他就把自己找到的資訊留在語音留言中。

「我是爸爸，我幫你查了關於山野商事的各種資料，現在唸給你聽喔。總公司員工人數三千五百人，連集團子公司的員工都算進去的話就超過五萬人。資本額是一千三百億——」

當時，我真的覺得他煩死了，造成我的困擾。

可是，只有擔心兒子的父親才會做出這種行為。

事到如今，我只覺得做了對不起他的事。

嗆鼻的硫磺氣味，從斜坡那頭乘風飄來。無視一旁整排的木造旅館，我和穿浴衣的觀光客擦身而過，沿斜坡往上走。

五月某天，閒著沒事做的我回到湯河原。這裡是四面環山的溫泉小鎮，從小到大幾乎沒有改變。

帶著懷舊的心情，我一一走訪兒時遊玩的地方。走捷徑回老家途中，正好遇見一群放學回家的小學生。他們把書包丟在地上，雙腳泡進路旁設置的泡腳溫泉。

「喂，你知道幽靈電車的事嗎？」

其中一個小胖子眨著亮晶晶的眼睛問夥伴。

「不知道，那什麼？」

「前陣子，鎌倉不是發生電車脫軌事故嗎？聽說現在深夜去西由比濱車站，就能看到當時那輛車在軌道上跑。」

「真的假的～？」

小孩真好，天真無邪。我小時候也曾有過相信這種靈異奇譚的單純。真想回到那時候，我嫉妒起這些開心聊天的小學生。

穿過捷徑，眼前是父親工作過的小工程行。

瓦片屋頂上鋪著太陽能面板，外觀看起來就是棟民宅。掛在二樓外牆上的店招牌，一副隨時就要掉下來的樣子。

「你該不會是坂本先生的兒子吧？」

拉開茶色格子木窗，一位白髮先生探出頭。我回答「是的」，他就高興得走出來。

「發生這種事故，你們很難受吧。」

這位先生，我在父親葬禮上見過。當時他拿著手帕，淚流不停。我讀高中時，他和父親一起來修理校舍過。沒記錯的話，應該是竹中先生。

「你是雄一對吧？心情整理好點了嗎？」

「託您的福。父親的事也給您添麻煩了。」

「別說這麼見外的話。雄一，我身為下屬，不知道受你父親多少照顧。他是我在這世界上最尊敬的人。」

聽到別人讚美父親，我內心一陣激動。

「對了雄一，聽說你在山野商事工作啊？真厲害呢！」

「……呃，嗯。」

我含混帶過。

「坂本先生很以你這個兒子為傲喔。你考上大學時，他高興得不得了。我從來沒看過坂本先生那麼高興。」

「請問……家父在職場上，是個什麼樣的人？」

我想聽更多有關父親的事，主動這麼問了。竹中先生說：「那個人的魅力多得數不完。」接著就開始細數了起來。

「首先，他絕對不會輕言放棄。去年這時候，湯河原來了個大颱風，每天晚上他都熬夜去幫人家修理被吹壞的房子。其中有個地區房屋幾乎全毀，是坂本先生帶領大家把房子全部修復完成的喔。就算再怎麼努力，薪水也不會因此增加，但他一旦決定要做，就絕對會做好。那個人就是這樣。」

「……」

「還有，他很講義氣。技術明明這麼好，去大都市找工作一定可以賺更多。要是我的話就會這麼做。可是，那個人卻不。他總是說，不能丟下這個鎮上的人不管。我們店裡只有八個人，要是少了坂本先生，撐不撐得下去還很難說。」

說著，竹中先生仰望天空。

這些都是我從來沒聽過的事。正當我想問更多關於父親的事時，路旁一位個子嬌小的婆婆推著菜籃車走過來。父親葬禮上，她對著棺木一次又一次鞠躬。

「你是坂本先生的兒子吧。」

一看到我，婆婆就用力抓住我的手。「你和坂本先生長得真像。」滿是皺紋的臉露出微笑。

「我真是不曉得受了你父親多少照顧。」

好不容易放開我的手，她望著遠方說：

「你父親真的很好心。只不過是來修理我家廁所，就順便免費幫我打掃了院子。一有空就會跑來我家，陪我這個獨居老太婆說話。他……對我來說就像個超級英雄。」

看到她激動得語不成聲，我心中漾起一片暖意。

父親的葬禮上，弔問的訪客絡繹不絕。每個排隊看棺木中父親最後一眼的人都上前向他道謝。

從前，我一直暗自瞧不起在工地工作的父親。可是，我錯了。

視線前方是一片草地，茂盛青草隨風搖擺。

小時候，父親曾帶我來這裡練習騎腳踏車。我老是學不會，父親始終耐心陪我練習。

無論下雨天，

甚至工作勞累的日子——

我想向父親道歉。

不、必須向父親道歉才行。

穿越夜深人靜的住宅區，抵達西由比濱車站。一邊想著昨天在湯河原聽到的小學生對話，一邊走進敞開的剪票口。

他們說的事，網路上也有謠傳。雖然我並不是完全相信，只是無論如何都想見父親一面。這樣的心情太強烈，勝過了懷疑。

闇夜中的月台上沒有半個人。我坐在長椅上等了一會兒，什麼事也沒發生。想喝點什麼，正打算走向自動販賣機時——

一輛車身微微透明的電車沿著鐵軌，從鄰站的茅崎海岸車站方向開過來。發出刺耳的煞車聲，停靠在月台邊。我倒抽了一口氣，因為看見車上有許多乘客。

「你快走吧。」

電車門打了開，車裡一個抓著吊環的女高中生這麼對小個子的男孩說。男孩還不願意下車，她硬是把他的身體往車門外推：「聽我的，你該走了。」

這個女高中生移動到車門邊。像捨不得分開似的，兩人一直凝視著彼此。

「真的、真的非常謝謝妳。」

男孩深深低下頭。車門臨關上之際，女高中生笑著說：「我才應該謝謝你，和幸。」

走向剪票口的男孩察覺我的存在，向我點了點頭。擦身而過時，看見那張臉上有著哭腫的雙眼和對什麼感到圓滿的神色。

「你也要搭幽靈電車嗎？」

男孩離去後，接替而來的，是從月台深處走過來的水手服女生。

「……妳是鬼嗎？」

「對啊，請多指教嘍。」

她用滿不在乎的語氣說完，一副熟練的樣子開始叨叨絮絮說明。

照她的說法，剛才經過的那輛電車，似乎就是三月時發生脫軌意外的電車。只有對那起事故懷抱強烈情感的人才看得見，如果上了車，還能和死於事故的犧牲者見一次面。

只是——她語帶強調地補充了搭這輛幽靈電車需要遵守的四個條件。

●只能從死去的犧牲者上車那一站上車。
●不能把即將遇害死亡的事告訴死去的犧牲者。
●在電車通過西由比濱站前一定要下車。一旦通過西由比濱站，搭上這輛車的人也會遭遇事故死亡。
●就算見到事故中遇害的犧牲者，現實世界也不會產生任何改變。不管做什麼，在事故中死亡的人都不會復生。若是試圖在電車脫軌前讓車上的人下車，馬上就會回到現實中。

她說明完不久，遙遠的軌道那端就傳來轟然巨響。「要是不在之前找一站下車，你也會變成那樣喔。」女孩露出促狹的笑容。

「現實世界不會產生任何改變也無所謂的話，明天深夜你就可以去遇害的人上車那一站等了。還有——」

她將雙手盤在略嫌平板的胸口，眼神堅定。

「不管怎樣都不要試圖讓乘客下車喔。不久前才有個女人試圖拉她身亡的未婚夫下車。」

我已經下定決心。

死去的父親不會復生也沒關係。現實世界不會產生任何改變也沒關係。

我只想再見父親一面。

籠罩在厚重黑夜下的西湯河原車站鴉雀無聲。從連帽衫口袋拿出手機，確認時間。

突然，一道光射向月台附近。原本顯示深夜時刻的手機，不知何時變成了早上十點二十三分。

看到早晨景色忽然出現，我連驚訝的時間都沒有。因為月台最後面那張長椅上，父親就坐在那裡。

定睛一看，他正打開從以前用到現在的舊行事曆手冊，不知道寫上了什麼。我剛想靠近，軌道那頭就開來一輛半透明的電車。

黑色車身放慢速度，靜靜靠站。看到父親搭上第一節車廂，我也從同扇車門上車。

因為是起點站，車上乘客還不多。電車一動起來，父親就坐進兩兩相對的四人座。

從這裡開到西由比濱站只要一小時。按捺著急的心情，我站到父親身旁的走道上。

「爸……」

父親朝緊張得聲音沙啞的我投以一瞥。把手上的行事曆手冊收進波士頓提包，笑著說：「是雄一啊？」

「爸，你為什麼穿西裝？」

站著這麼問他，父親就說「有點事要去辦」。怕他問：「雄一呢？怎麼會在這？」我趕緊回應「我也有點事要辦」。父親呵呵一笑，勾起手指敲敲面前的座位，示意我坐下。

爸爸單薄的身材，似乎比以前瘦了些。不過，身為工地師傅的強壯手臂依然不減當年。隔著西裝外套還能清楚看出他的肌肉，真厲害。

「好久不見了。」

難為情的我，光是迎上父親視線都得鼓起勇氣。老姊婚禮過後就沒和父親見過面，等於睽違了兩年。兩年前正逢大三找工作的時期，心情最緊繃的時候，幾乎沒和父親說上幾句話。上一次好好和他說話，已經是再前一年過年時的事了。

羞赧之中，不知道該說什麼才好。面對這樣的我，父親也什麼都沒說。他只是一臉感慨地盯著我看。

「……每個月都寄米給我，謝謝你。」

我低著頭這麼說，他只簡短回答「別放在心上」。

「說真的，那些米幫了我大忙。」

「這樣啊。」

「……」

「……」

「……」

「……你有好好吃飯嗎？」

「有吃。」

「這樣啊，那就好。」

「……」

「……」

尷尬的對話。父親本來就不是話多的男人，我們彼此又都有顧慮的地方，沉默就這麼主導了空氣。

「棒球……你還是阪神的球迷嗎？」

車開過江之浦車站時，父親提起這話題。

「當然啊，除了阪神以外，還有哪個球隊能支持啊。」

我不高興地回應，父親笑瞇了眼睛。我和父親都是死忠阪神球迷。

「雄一你小學時，我們常一起去球場看球賽呢。」

父親語帶懷念，雙手環抱住胸口。

「對啊，如果去的是東京巨蛋，周遭都是巨人球迷，感覺像跑錯場子似的。」

「就是說。」

「爸，你還記得巨人對阪神那一次，界外球朝我們飛過來的事嗎？那顆球打中你手上的啤酒，搞得我們全身濕答答的。」

「記得記得，確實有過這回事。」

「那件事真是太好笑，現在我還偶爾會回想起來。」

原本緊繃的氣氛稍微緩和，感覺和父親之間遙遠的距離拉近了一些，我鬆了口氣。

車行經小田原城前站，我們還在天南地北聊得興高采烈。不知不覺中，車上乘客變多了。

聊著聊著，我一直甩不開一股狐疑。父親為什麼始終沒問我關於工作的事。

要是平常的他，一定會問：「最近工作怎麼樣？」出社會後我們一次都沒見過面，做父親的怎麼可能不關心我工作是否順利。

結束一個話題之後，總會有一段較長的沉默。明明可以利用這機會換個話題，父親提的也只是「明天好像會下雨」，絕口不提我工作的事。這不自然的態度讓我領悟到，父親說不定已經察覺我從貿易公司辭職的事。

「話說回來，年輕真好啊。失敗也不算什麼。」

父親忽然說了這句和前後對話八竿子打不著關係的話。這毫無脈絡可言的一句話，使我內心多了一絲確信。父親一定知道我辭職的事。因為顧慮到我的狀況，才絕口不提工作的話題。

考上大學時，我曾對父母誇下海口，說自己將來絕對會成為大人物。說什麼要進大公司，日後成為社長。一般父母這種時候應該會趁機說教「看吧，我就知道」或「工作不是那麼簡單的事」。然而，眼前這男人對我連一句批判都沒有。

出社會之後，父親經常打電話給我，留下語音留言。一下要我回家幫忙整理庭院，一下說買了新電腦要我教他用，一下又是拿到職棒球賽入場券，問我要不要一起去看。現在回想起來，那一切或許都只是想跟我見面的藉口。

「……爸。」

嘴巴下意識動起來。

「我到現在，都還沒好好孝順過爸爸。」

說完這句話，我無法正視父親的臉。歉疚佔據了我的心。過了一會兒，父親表情凜然地看著我說：

「懂得為自己還未盡孝而內疚，這就已經足夠了。」

堅定地說完，嘴角浮現微笑。

我低垂的視線前方，是父親乾燥的手。滿是皺紋的粗大指節上長著厚繭，每一片指甲裡都有泥土。這雙手，是一位工地師傅拚命工作的證明。

這雙手為我買了書包。

這雙手送我去上大學。

這雙黑黑的手，把我養到這麼大。

「爸，我啊……」

抹去眼角滲出的東西，我正視父親。

「以前，我心裡總暗自瞧不起爸的工作。覺得你老是穿髒兮兮的工作服，做不體面的工作。可是實際上自己出了社會，才知道工作有多辛苦。我真的覺得很對不起爸爸。抱歉。」

吞下積在鼻腔深處的淚水，我繼續說：

「我完全搞錯了。對不起……真的對不起。對不起，對不起……爸爸，真的對不起。」

聲音哽咽，一次又一次低頭道歉。滾出眼角的淚水，沿著雙頰滑落。

父親只是沉默凝視這樣的我。

沒有生氣，但也沒有說任何安慰的話。雙手環抱胸前，微微濕潤的眼睛只是不斷凝視著我。

然而，當他聽到我說「我真的是個沒用的人」時，忽然大聲地說：「不准說這種傻話！」

「懂得為自己沒有盡孝道歉的人，怎麼會沒用？不准你說這種傻話！」

也不管旁邊還有其他乘客，父親教訓起我。

「老實用功考上大學的人，有什麼地方不如人嗎？懂得為自己不曾盡孝感到歉疚的溫柔孩子，有哪裡比人家差？別說那種莫名其妙的話！你這傢伙！」

「…………」

長這麼大，從來沒有被父親怒斥過。

即使出了社會，我還是一天到晚害怕自己遭別人否定。可是，父親的否定不同。父親剛才說的這番話，充滿為兒子著想的心意。

「再說，你一點也不軟弱。真正軟弱的人，是無法在別人面前暴露弱點的。所以，你很堅強喔。」

止不住的淚水。模糊的視野中，父親繼續說：

「雄一。你還記得小時候爸爸陪你練習騎腳踏車的事嗎？」

「……」

「因為你不是靈巧型的孩子，不管做什麼都比別人花時間。可是，只要克服最初的難關，之後你就能做出比別人好一倍的成果。學騎腳踏車時也是一樣。雖然花了一點時間才學會自己騎，那時的你並未放棄。無論跌倒幾次，你都會再站起來。你辦得到，如果是你，一定辦得到。」

父親說得斬釘截鐵，從中感受不到一絲猶豫。這壓倒性的堅定信念從背後推了我一把，使我全身湧現力量。

電車不知何時已通過小磯。

「……爸，你覺得我適合什麼工作？」

調整呼吸，我這麼問。父親先這麼聲明：「這個嘛，也是要實際做做看才知道，不過──」

然後回答：「唯有一件事可以肯定，那就是，去做聽到人家跟你道謝時，會打從心底高興的工作。」

「……道謝？」

「對啊，工作就是這麼回事。」

「……」

「為此，你要去認識很多人。不能討厭人類。活著的答案是什麼，告訴你那個答案的永遠都是活生生的人。不是電腦也不是機器人。一切都會從人的身上學會答案。所以，鼓起勇氣去與人接觸吧。去認識很多人，跟很多人說話。」

父親從來沒在我面前說過這些話。

我還想跟父親多說一點話。

想要他教我更多各種事。

可是，剩下的時間不多了。搭上這輛車後，已經超過四十分鐘。

「下一站，茅崎海岸，茅崎海岸要到了——」

愈接近茅崎海岸車速愈慢。想到馬上就得和父親道別，我嘴唇顫抖。

「好了，去吧。」

父親對我做出指示。抓住不願起身的我的手，硬是把我拉起來：「夠了，你快去吧。」

站在車門前，我無法回頭。怕萬一再看一次父親的臉，我就會下不了車。

車速倏地減弱。哐噹、哐噹的聲音消失，車門猛地打開。

正要朝外踏出一步時，耳邊傳來父親叫我的聲音，「雄一」。雖然猶豫了一下要不要回頭，我還是慢慢轉身，朝父親望去。

「你長大了。」

雙臂抱胸的父親，心滿意足地瞇起眼睛。

我踏出電車。

窗玻璃的那一端，父親始終凝視著我。似乎強忍著淚水，緊咬下唇。

記憶中，我曾看過父親露出這個表情。

和小時候看過的一樣。

同樣的表情，在那個公園——

車門緩緩關閉。一陣冷冽的海風，從茅崎海岸吹來。

離去的電車，在淚眼中變得模糊不清。

打開佛壇的門，裡面放著父親的遺照。我把領子拉正，微微一笑，對父親行禮。

搭上幽靈電車那天早上，我回到湯河原的老家。在起居室上了香，走上二樓父親的房間。

上次進父親房間，已經是小學時的事了。以前常在榻榻米上和父親玩相撲。雖然很難贏得了他，上國中前，我終於成功絆了父親的腳，將他推倒在地。

不過，現在回想起來，他一定是故意輸給我的。

放在木製書桌一隅的茶色一升酒瓶映入眼簾。從瓶架上拿起來看，手上傳遞著沉甸甸的重量。瓶身貼著金色標籤，從上面寫的「大吟釀」看來，這應該是高級日本酒。

「那瓶酒，是你找到工作時爸爸買的。」

母親走進房間。我說「抱歉，擅自跑進來」，她什麼也沒說，只是輕輕拿起酒瓶。

「你爸爸他啊，總是說哪天要跟你父子兩人單獨喝兩杯。」

確定錄取貿易公司工作時，我也沒有回老家。當時剛和志保交往，整個心都在她身上。對父母連一句感謝的話都沒有。

「……媽，其實我把工作辭掉了。」

我低喃著坦白，媽媽卻不假思索地回「那件事我們早就知道嘍」。

「你們怎麼會知道？」

「怎麼可能不知道？新進員工忽然就不來上班，你以為公司不會聯絡他的父母嗎？」

我無話可說，母親語氣溫和了些：

「是你爸爸要我別說的。他說，雄一肯定拚命努力了，所以我們絕對什麼都不要先說。那孩子就算跌倒也一定會站起來。等他自己想說的時候再說吧。」

我無法正視母親的臉。胸中滿是後悔。

「你知道發生事故那天，爸爸為什麼會去搭電車嗎？」

面對默不吭聲的我，母親表情凝重：

「你爸爸他啊，之所以搭上那輛電車，是為了去幫你找新工作。」

「咦！」

「他到處去拜託認識的人，問能不能靠關係幫兒子介紹工作。你爸爸他自己每天都要工作，好不容易放了假，還每個星期穿上不習慣的西裝，到處對人低聲下氣。」

「……」

嘴唇開始顫抖。各種情感紛至沓來，停留於記憶深處的點與點連成了線。

今年一月下旬，有人用「關東勞基署」的名義匯了二十萬給我。上網查不到叫關東勞基署的機構，當時給自己的解釋是手續出錯了，現在我已內心雪亮。那筆錢，肯定是父親為我匯的。

「家裡除了米之外還寄了其他吃的東西來，那也是爸爸寄的嗎？」

我激動詢問，母親點點頭。

無法原諒自己的無能。連繼續待在這間房間都感到愧疚，我衝出房外。跑出家門，眼前是懷念的公園。

小學時，這座小公園舉行過夏日祭典。別人都是親子同樂，只有我一個人參加。

落寞地坐在鞦韆上時，路的另一邊傳來聲音。

「雄一！雄一！」

是父親。他為了我放下工作趕來。

我高興地跑上前，撲向父親懷抱。他身上穿的工作服有油的味道，只要聞到這味道就知道父親在身邊，令我充滿安心感。

我喜歡這味道。

其實我原本最喜歡父親穿工作服的樣子。

「抱歉遲到啦，雄一，你一個人很寂寞吧。」

父親蹲下來，與我視線齊高。眼眶濕濕的，不時緊咬嘴唇，一再向我道歉：「抱歉、抱歉哪。」

從幽靈電車上下車時，父親臉上浮現的表情，就跟那時一樣。

明明我這個兒子給他添了那麼多的麻煩，我的父親還是自認做得不夠。認為兒子會辭去工作，一定是因為自己沒有好好聽他說話。我的父親就是這樣的人，他就是這麼一個為兒子著想的男人。

「啊啊啊啊啊！啊啊啊啊啊啊啊啊啊啊啊啊啊啊啊！」

我哭得聲嘶力竭，膝蓋一軟，跪在柏油路上，無視周遭眼光，不斷地哭泣。

社區內的通道上，有對父親和小孩正在練習騎腳踏車。這天是星期六，社區裡到處都能看到親子玩樂的景象。

「雄一！從那邊的小貨車上搬磚塊下來給我！」

「是！竹中先生！」

「別動作慢吞吞的！」

「我馬上搬過去！」

社區自治會要在區內小公園裡蓋一間集會所。用掛在脖子上的毛巾擦汗，捲起工作服的衣袖。磚塊雖然沉重，經過這一個月的肉體勞動，我的手臂也練出不少肌肉了。

搭上幽靈電車的隔週，我退掉東京的租屋，回到湯河原老家。拜託竹中先生讓我受雇在父親服務過的工程行工作。

「雄一，辛苦了。我泡了冰茶，請喝。」

剛把磚塊放到地上，個子嬌小的婆婆就端著托盤過來。她正住在這個社區。

「每次都謝謝你了啊，雄一。」

「不會，別這麼說。」

在工程行前遇見她後，我開始時不時去她家拜訪。死去的父親為她做的那些事，由我接手繼續做，現在我們已經成為偶爾一起喝茶的朋友了。

「謝謝您的茶，那我不客氣嘍。」

正要伸手拿杯子，背後傳來「坂本」的叫聲。回頭一看，是在貿易公司時同屆進公司的多賀野。

「你來這裡做什麼？」

「前陣子我聽人說你父親過世了，看在同屆的情分上，想說去你家給他上個香。」

多賀野客氣地說著，把手放在我肩膀上。「你父親的事，真的很遺憾。」

「……你和志保處得還好嗎？」
我把在購物中心撞見他們的事說出來，多賀野雖然驚訝，但立刻苦笑著說：「被她甩了。」
「聽說她現在跟不知道哪國的外交官交往喔。看來，她很討厭示弱的男人。」
「……畠山哥還是老樣子？」
「他升官嘍。俗話說好人不長命，禍害留千年，問題是這個社會上只要工作手腕夠好，就算是那樣的男人也能平步青雲。你離職之後，他開始找我各種麻煩。大概是嫉妒我業績好吧。」
多賀野消瘦許多。臉頰凹陷，皮膚多處乾燥脫皮。
「對了，聽說你在令尊以前工作的工程行上班？」
「是啊。」
「工作開心嗎？」
「開心喔。雖然還要花點時間才能適應，聽到客人跟我說謝謝時，真的非常高興。」

「這樣啊，你臉上的表情真不錯，坂本。」

說著，多賀野顯得有些落寞。他說今天等會兒還有應酬，轉身就要離去。

「多賀野。」

我叫住那逐漸遠去的背影。多賀野微微轉頭，我只說了短短一句：

「加油喔。」

「嗯。」多賀野露出微笑，輕輕揮手，朝車站的方向走去。

太陽開始下山，夕陽餘暉將整個社區染成橘紅色。練習騎腳踏車的男孩跟父親還在繼續。不久的將來，他一定也能成功學會。

我決定在父親的職場工作下去。

現在還不夠成熟，但是總有一天，我想超越令人尊敬的父親。目標是成為這間公司的社長。因為我認為，超越父親的成就就是對他最好的報答。

總有一天，當願望實現——

我打算在父親的房間裡，打開那瓶日本酒。

第三話

去見妳。

細雨綿綿。雨水沿著安親班的屋簷滴落，碰到地面反彈，濺濕我的腳。

「久等了，今天也有乖乖嗎？」

一個年輕母親來接走原本我身邊一起躲雨的男孩。男孩笑開了臉，躲進母親傘下，身體緊黏著媽媽。

不會有任何人來接我。不過，我早就知道了。這個世界上，沒有人會溫柔對待我。

宛如冰凍過的冷風，吹拂我右臉頰上的紗布。這塊白色紗布底下，有一塊深黑色的胎記。

這塊噁心的胎記害我吃盡苦頭。那些痛苦記憶掠過腦海，連背上的書包都忽然感覺沉重。

視線前方是一棟二十層樓高的大廈。我遠望大廈頂樓，想尋找這世界上還能讓我有所留戀的東西，重新整理一次過去的人生。

不過，我走過的這十一年人生中，看不到任何希望。

小學五年級時，父母離婚了。

離婚的原因，是母親外遇。媽媽一定會再來看和幸的喔。留下這句話，她就離家出走了。

父親爭取到我的監護權，可是，身為系統工程師的爸爸工作忙碌。放學後，我得去家附近的安親班，等到父親下班才能回家。

我個子小，從以前就容易被欺負。臉上的胎記雖然總用紗布蓋住，升上六年級之後，班上的啟吾開始取笑我的胎記。

父親常忙到深夜才回家，漸漸不來安親班帶我了，冷眼旁觀其他有家長來接送的孩子，我現在每天都自己回家。

在學校，啟吾對我的霸凌變本加厲。

「嗨，胎記。」

他動不動就拿我的胎記做文章。偷走我的便當袋，藏起我的鞋子，還曾在班上同學面前掀開我臉上的紗布。老師從不幫我，我在班上孤立無援。

六年級第三學期的某天，我在家附近的鬧區撞見母親。

母親離家後，我們連一次都沒見過面。可是，我一直相信媽媽一定會來救我。

懷抱最後一絲希望，我穿梭在人群中，走向媽媽。

「媽……」

正想從旁喊她時，我瞬間失去言語。

媽媽懷裡抱著個嬰兒，和我不認識的男人手牽手。臉上展現出和爸爸在一起時從沒看過的幸福笑容。

與我四目交接，媽媽露出驚訝的神情，立刻轉頭。像是在說「我對你一點興趣也沒有」。

我站在原地動彈不得，背後的人無情超越我。即使撞到我的肩膀，也沒有人道歉。

我不被任何人所愛——

望著遠去的母親背影，我終於找不到活下去的意義。

雨勢愈來愈大，地上到處都積著黑色水窪。

在父母的迎接下，孩子們陸續離開安親班。快要七點了，留在屋簷下躲雨的，只剩下我。

好慘。

感覺就像全世界只有自己被拋下。

好害怕。

激烈的雨聲，訴說著這世界的可怕。

所以，我打算走了。視線朝大廈頂樓望去。

「你在等人嗎？」

正要一腳踏出屋簷下時，前方走來一個年輕女孩。右手撐著一把大傘，配合我的身高彎腰。

從她身上的深藍色西裝外套看來，應該是個國中女生。光滑柔亮的長髮，在腦後紮成一束馬尾。

「……」

在她那雙大眼睛凝視下，我說不出話，緊張地低下頭。她仍用探詢的眼光看我，但那眼光一點也不恐怖。視線相對時，她眼神透露著笑意，使我感到安心。

這時，安親班窗戶裡傳出沉穩的音樂。掛在遊戲室牆上的古董鐘，每逢整點就會播放水晶音樂。我聽過好幾次，但不知道這首樂曲叫什麼。

「很美的曲子呢。」

她朝窗戶方向望去。彷彿享受著雨聲與樂音的合奏，跟著節奏輕輕點頭。

「姊姊！」

拉開安親班拉門，一個揹書包的小男孩衝出來。那是平常待在低年級教室的孩子。我沒跟他說過話，但看過好幾次，所以知道他。

「久等啦，優太。」

「姊姊，妳好慢喔！」

「抱歉抱歉，太晚來了……對了。」

她的視線從男孩身上轉回來。

「要不要大姊姊幫你撐傘，送你回家？」

她語氣溫和穩重，手輕輕放在我頭上。突然被這麼問，我也不知道怎麼回應。

「優太、抱歉，你在這裡再等一下好嗎？姊姊等會兒再回來接你。」

聽到女孩這麼說，那名喚優太的孩子「欸——」了一聲，擺出不滿的表情。「優太，不能這樣！」她瞪優太一眼。「好啦，我知道了，貴子姊姊。」男孩不甘願地答應了。她的名字似乎叫做貴子。

「那我們走吧。」

「……」

「沒關係啦，別跟我客氣。進來雨傘底下吧。」

受到她充滿包容力的微笑牽引，身體自己動了起來。要是平常的我，對陌生人一定保持警戒。我往她左邊一站，輕輕點頭。

從西裝外套上的校名與領章看來，她應該是國三生。不過，她的言行舉止都成熟得不像是個國中生。

「優太，要乖乖喔。」

我們並肩往前走，貴子姊輕輕揮手。優太雖然有些賭氣，還是揮手回應

「路上小心喔——」。

「這給你，把濕頭髮擦一擦吧。不然會感冒的。」

從肩上揹的書包裡，貴子姊拿出一條黃色手帕。

「……謝謝。」

我連道謝的聲音都在顫抖。至今只有被欺負的份，從來沒有陌生人像這樣對我好過。

「你家在哪呢？」

我一邊用手帕擦拭後腦勺，一邊告訴她地址。「是喔，離我家不遠耶。」她說。

雨大顆大顆下著，我們走在住宅區的柏油路面上。她左手提著一個小塑膠袋，走在身邊就能聞到裡面飄出甜甜的香味。

走著走著，我發現她刻意配合身高較矮的我的步伐，巧妙調整快慢，不讓

我跑到雨傘外面。

從旁邊看得見她白得像紙的後頸。氣質從內而外散發，每次眼神相對，都感覺自己要被那雙濕潤的黑眼珠吸進去。

從江之浦車站前經過，看見河川上的大橋。彎過轉角，踏上橋上人行道時，她忽然加快腳步，我趕緊追上前去。當我也踏上橋，才發現她換了一隻手撐傘，而我不知不覺走到她的左側。

橋上的汽車快速奔馳，從我們身旁駛過時濺起水花。在人行道上走了一陣子，我終於察覺她換邊走的原因。她是為了不讓我走在靠近車道那一邊。擔心萬一發生車禍。

突然，一陣強風夾帶雨水吹過右臉。蓋住胎記的紗布掀了開來。

我心跳加快，戰戰兢兢地轉頭看她。然而，即使我暴露胎記，她的表情也沒有任何改變。微微一笑，拉著我的左手說：「風變大了，再站進來一點喔。」

自己的制服超出雨傘保護範圍，被大雨打得濕透，她仍毫無怨言，不管是雨水打在身上，還是路過的車濺起的水噴濕了她，她都不當一回事。

過橋後再往前走一會兒，就看見我住的公寓了。

「我家就在那裡。」

抵達公寓前，雨勢減弱許多。我走出傘外，鞠躬道謝：「非常感謝妳。」

她把手上的小塑膠袋遞給我。

「這是甜甜圈，不介意的話，你帶回家吃吧。」

「不、不用了！」

我舉起手揮了揮，她卻硬把袋子塞給我。對還想推辭的我說：「沒關係，別客氣。」握住我的手。

「……謝謝妳。」

「那，你要勇敢喔。」

說著，她背轉過身，我目送她離去直到看不見背影。轉過轉角前，她回頭看了我一眼，朝我微笑揮手。我深深低下頭。

回到家裡，拿出她給我的塑膠袋裡的東西。打開那個長方形紙盒，裡面有三個色彩繽紛的甜甜圈。這甜甜圈原本應該是要給優太吃的吧。走回來的路上，她什麼都沒問。我叫什麼名字，讀幾年級，家裡的狀況如何。

可是，她似乎看透我的人生裡遇上某些苦難。否則，她不會在臨去前對我說「要勇敢」。

無人的廚房裡，我咬一口琥珀色的甜甜圈。幾年沒吃過這種西點了呢？每咬一口，濃厚的砂糖甜味就在口中擴散。

脖子不知何時濕濕的，我才發現流到脖子上的溫熱液體，是自己的眼淚。

遇見貴子姊後，我想死的心情變淡了。

那天她借我的黃色手帕一直沒能還給她。我打算下次在安親班遇到就還她，一直放在書包裡每天帶著，可是後來，每次來接優太的都是他母親。

進入三月後某天，我裝作若無其事的樣子詢問優太貴子姊的事。優太告訴我，她雖然是國中生，但是有在打工。

因為媽媽是單親，貴子姊為了幫助家計，放學後好像在做宅配的工作。平常都由下班後的母親來接優太，那天難得來的是貴子姊。

到最後，貴子姊都沒再來過安親班，我也沒有機會與她重逢，就這樣小學畢業，我也不再去安親班了。

電車窗外是蔚藍廣闊的相模灣。雖然還不習慣搭電車通學，隔著窗戶眺望大海總使我心安。

「小田原城前，小田原城前站到了——」

車內廣播響起的同時，車門打了開，一位視障女性帶著導盲犬上車。

「不好意思，還勞煩您專程陪我搭電車。」

「別這麼說，這是您第一次帶導盲犬外出，心情一定很不安吧。」

陪伴一旁的男人語氣溫柔，露出想讓那位女性放心的微笑。

早上這個時段搭電車上學已經兩星期了。

小學畢業後，我進入南鎌倉站附近的市立中學。國小導師告訴我，這所中學的人際關係比較友善。加上我聽說小學時霸凌我的啟吾讀的是家附近的國中，和父親討論後，決定就讀這所需要搭一小時電車通學的中學。

一抵達前川站，車上就變得擁擠。我走向第三節車廂，打算尋找可坐下的空位。這時，隔著車廂聯結處的玻璃車門，我看見隔壁車廂裡一個身穿制服、手握吊環的女孩。

那熟悉的馬尾一映入眼簾，頓時感覺內心如小鹿亂撞，激動得喘不過氣。是下大雨的那天，一直凝視的身旁那張側臉。這女孩是貴子姊。

她穿白色水手服，胸口綁著大紅色領巾，左手拿著包上書套的文庫本，正專注地閱讀。

那天她借我的黃色手帕還在書包裡。雖然可能再也不會見到她，我還是沒有放棄希望，一直隨身攜帶。

我目不轉睛盯著隔壁車廂。那天她在我面前顯現的舉手投足，正確而鮮明地閃過腦海。時間彷彿被壓縮，一轉眼就到南鎌倉車站了。

下了車後，我一直跟在她身後。看見她轉乘私鐵，我也隨便抓個金額買了一張車票。上學遲到什麼的已經無所謂，我不顧一切，與她搭上同一班電車。

在車上跟女性友人會合的她，和朋友在同一站下車。下車後我繼續跟隨，來到離車站徒步五分鐘左右的地方，貫穿市中心的大馬路旁，一所女子高中的大門聳立。她們進了校門，裡面有廣大的操場，壘球隊的女學生正在晨練。

得知她就讀的是女校，某部分的自己鬆了一口氣。打從在電車上發現她，我的心情就雀躍得像參加夏日祭典。

之所以這麼想見她，不只是想為那天的事道謝，也不只為了還手帕。

因為我愛上了她。

隔天早上。

跟平常一樣，在江之浦車站搭上七點十分出發的快速電車，貴子姊依然出現在隔壁車廂。和昨天完全一樣的位置，一手抓著吊環讀文庫本。

再見到她的激動，使我昨晚沒睡好。父親深夜裡回家時，我甚至還跑出房門跟他打了招呼。

手抓著吊環，我從第二節車廂的角落注視她。隔著車廂聯結處，她的側臉就在不到兩公尺外的地方。每當她為了什麼事轉頭，我都會快速縮回脖子，就怕被她發現。

光是想像上前跟她說話，我就緊張得脖子冒汗。平常的我已經夠怕生了，跟喜歡的人告白，對我而言更是難以跨越的門檻，緊張得快去了半條命。

當然，不是馬上就要告白。總之先為那天的事道謝也好，成為朋友後逐漸縮短距離，再告訴她我喜歡她。不過，真要說的話，也不保證她一定沒有男朋友。雖然讀的是女子高中，她長得這麼漂亮，沒男朋友還比較奇怪吧。如果是那樣的話，從朋友開始也沒意義。應該說，人家可能根本不想和我這種傢伙當朋友啊。就算她願意，走到她身邊跟她搭訕時，萬一被附近的班上同學看到，傳出什麼奇怪謠言怎麼辦？要是因為這種事再度被霸凌，真可說是最悽慘的下場了。現在我雖然還沒有朋友，至少班上同學不會欺負我。每天自己一個人吃營養午餐固然寂寞，想起被啟吾霸凌那時的事，現在這樣一點也不算什麼。所以，如果我要上前跟她搭訕，除了先做好萬全準備，也最好不要在電車上，還是找個沒其他人的地方比較好——想到這裡，電車一個搖晃，她朝這邊轉頭。我著急得當場蹲下去。

莫名的一連串負面思考，讓我一步都動不了。

隔天早上也是。

再隔天早上也是。

過完黃金週假期還是沒有任何進展。

遠方的晨光慢慢渲染整片天空，隨著時間經過，穿著西裝穿越剪票口的人也愈多。

我現在人在江之浦車站前的咖啡店旁，等待貴子姊的到來。正確來說，應該是埋伏等候。

在電車上搭訕耳目眾多，不好實行。就這點來說，早上車站前人就比較少。我的想法是，先在車站附近埋伏等候，再裝作碰巧遇到，上前打招呼。各自從不同方向往車站走，最後在車站前相遇，這是最好的模式。一方面感覺像自然而然的重逢，另一方面，這麼一來就非得和她面對面不可了，我想逃也沒辦法。抱持不給自己後路可退的念頭，我選擇了這個方式。

上星期早上我就調查過她會從哪條路走來。附帶一提，之所以選擇今天實行計畫，是看了晨間情報節目裡的星座運勢，我的星座運勢第一。那個星座運勢還滿準的。

看一眼手錶，就快七點了。電車七點十分發車，她差不多該穿出商店街走過來了吧？如此預測著，我從咖啡店陰影處伸長脖子，遠遠正好看到她拐過轉角，沿著國道慢慢走過來。

隨著她的身影愈來愈清楚，即使還相隔一段距離，我仍匆匆縮回脖子。全身上下受到緊張襲擊。劇烈的心跳，和在電車上偷看時相比簡直小巫見大巫。血液似乎都集中在胸口，聽得見噗通噗通的心跳，加速變得愈來愈大聲。

離她抵達車站還有兩分鐘。冷靜，冷靜啊。

沒問題。

沒問題的。

又不會要了誰的命，只是出聲搭訕而已。

可是，萬一告白被拒絕怎麼辦？那樣我還活得下去嗎？

不、今天就先為上次的事道謝就好。一切就從這裡開始。

可以的。

絕對可行。

你可以的！

克制內心各種糾結，我從咖啡店陰影處衝向國道。裝作若無其事的樣子，穿過斑馬線，從側面接近朝站前圓環走去的她。

然而，一看到她出現在附近，我瞬間改變前進方向。原本該朝車站剪票口走的我，卻朝她走來的方向走去，裝成有事要去那邊辦一樣。

我到底在幹嘛？儘管心裡這麼想，腳卻停不下來。不、應該說，一想到這麼一來就可以逃避告白，我反而離她愈遠愈安心。

回過神時，自己已經站在遠離車站的商店街裡了。不明白剛才的緊張到底是怎麼回事，激烈的心跳已經完全平復。

時間一久，猛烈的自我厭惡就找上門來。巷弄裡踩著踉蹌腳步的流浪狗連看都不看我一眼，直接從身邊走過。好像在宣告我這個人毫無價值。我好想死。

約莫一個月後，六月時的事。

我一如往常搭上早晨的電車，和貴子姊同一節車廂。

左思右想，我決定改變策略。既然自己不敢主動搭訕，就讓她來找我說話好了。像上次在車站前那樣埋伏等待，尾隨貴子姊搭上同一節車廂。為了讓她發現我的存在，我選擇跟她分站在車門兩側，拉住從那邊數來第二個吊環。我的左邊是一位一手拉吊環，另一手捧著週刊雜誌看的大叔。我用大叔當牆壁擋著自己，一邊偷窺她，一邊等她發現我。

我手上也拿著一本文庫本。和她現在讀的那本一樣。附近有人跟自己讀同一本書，絕對會引起她的注意吧。如此一來，發現我的可能性就提高了。

她正在看的那本書，兩天前我從隔壁車廂定睛細看確認過了。她平常看的書都有包書套，唯獨那天讀的這本沒有。大概是從圖書館借來的吧。我算過，她平均四天讀完一本書。可能因為要打工的關係，只能利用通學搭車的時間在車上看。附帶一提，同個作者的書，我也找了另外好幾本來讀了。這是為了確保她來找我搭話時，能用「我也是這個作者的死忠書迷！」當話題炒熱氣氛。別看我在學校參加的是「回家社」，回家之後可是很忙的。

然而，她一點也沒注意到我。總是專注在書上，一次也沒朝我這邊看過來。

為了強調自己的存在，我故意咳嗽。試著咳得像患有氣喘一樣，誇張地雙手摀住嘴巴「咳、咳」。可惜她依然不為所動。

我很心急。

原本以為今天一定可以說到話了，早上還刷了兩次牙。模擬了好幾次情境，想像和她聊天時，她會問我什麼問題，我又可以怎麼回答。如果她問我嗜好，就配合她說閱讀。如果她問：「放假的日子都在做什麼？」我打算稍微裝酷說「不是看書就是打撞球」。其實我真正的嗜好是看深夜動畫，放假日只會在家打滾。

還有，要是她問：「你該不會就是那時的……？」我決定先裝成不知道她在說什麼的樣子，露出幾秒狐疑的表情。因為，要是馬上承認，那種「期待重逢」的心情就太強烈了。我猜，或許先營造錯愕的氣氛打個折扣，對之後的發展應該比較有利。

一邊不時偷瞥她，一邊在腦中反覆練習準備好的說詞。可是，她就是怎麼也沒注意到我。

「前川、前川站到了——」

車內廣播響起，車門同時猛地打開。只剩下四十分鐘就要抵達南鎌倉站了，我有些焦慮。這時，身旁的大叔忽然放開吊環下車。看到他下車，我不顧一切移動到原本大叔抓的吊環下。

車門再過去就是她了。這是至今彼此距離最近的一次。想到這個，心就噗通噗通跳起來。

鎮定，冷靜啊。沒事的，又不會死。

不如再試著咳嗽一次看看？這個距離咳嗽，她至少會看我一眼吧。不過，會不會太刻意啦。都已經拿著同一本文庫本，再咳嗽的話，很容易發現這一切都是刻意安排的吧。這種行為幾乎是跟蹤狂了，她一定會覺得噁心。與其如此，不如維持現狀比較安全。可是站著什麼都不做，她大概永遠不會注意到我，或許該不時小聲咳兩下——

在緊張和自我拉扯中，我什麼都沒做，電車就到小磯站了。車門打開，一位駝背老婆婆小心翼翼地踩著階梯，一腳踏入車廂內。等不及動作遲緩的她，人群紛紛從她左右兩邊擠上來。

這時，貴子姊突然啪地闔起文庫本。我急忙轉移視線，但實在太想知道她為何忽然把書闔起來了。

悄悄把臉朝左側轉幾公分，維持在不會被發現正在看她的極限角度，轉動眼球確認她的動向。沒想到，她認真的眼神正朝我這邊看過來。

終於發現我了嗎？

雖是暗自期盼的發展，我還是瞬間全身緊繃了。拿著文庫本的手微微發抖。

視線落在書上，忐忑不安地等待，感覺到她動了起來。終於要過來了嗎？

沒想到——

「婆婆，不嫌棄的話請來坐這邊。」

她從我身邊走過去，拉起東張西望找位子的老婆婆，帶她去坐車廂最內側的博愛座。

安頓老婆婆坐下來後，她走到我背後的位置，拉住吊環。彷彿什麼都沒發生過似的，繼續拿出文庫本來讀。

我的心已經沒有足以供應自己往後方位置移動的能量了。只能再咳最後一次當作垂死掙扎。但是，她還是沒有注意到我。

那天之後，我不斷嘗試用各種方式接近她。

可是，每次心中的懦弱都在最後一步出面搗亂，每種方法都以失敗收場。

回過神來，國一這年就這麼過了。

電車窗戶外，有一片沿著海岸線綿延的白色沙灘。像等不及海水浴場開放，海邊有幾個人正玩沙灘排球玩得很開心。

小磯站的車門一開，站務員就在門邊安放好輪椅用的小斜坡。

「每次都麻煩你了，不好意思啊，北村先生。」

「別這麼說。那我要推了喔。慢慢來喔。」

站務員滿頭大汗地將輪椅推上電車。那勤奮工作的身影，一早就溫暖人心。

我今天早上，也從老地方望著隔壁車廂。

升上國二後，依然沒能跟她告白，只有時間不斷浪費掉。車廂聯結處那扇玻璃門，簡直比柏林圍牆還厚。她就在這扇門後兩公尺處，我卻無論如何都不敢伸手開門。

「隔壁車廂裡，有你掛心的人嗎？」

手抓吊環悶頭苦惱時，坐在前方長條座椅上的一個男人這麼對我說。

「你從剛才就一直盯著這扇門的那頭看呢。」

這年輕男人像催促我回答般繼續說。低垂視線望向他的臉，總覺得好像在哪裡見過。想起來了，是剛上國中時，陪視障女性帶導盲犬搭車的那個人。

「不好意思，冒昧一問，那邊應該有你喜歡的人吧？」

「才不是！」

彷彿早已料到他會這麼問，我不假思索回答。這人真沒禮貌耶。不過，我也知道自己面紅耳赤。根本騙不了人。

感覺芒刺在背，我就移動到較遠的地方去。也難怪那個男人覺得我可疑。像我這樣盯著隔壁車廂不放的傢伙，就算被報警檢舉也不奇怪。

電車抵達茅崎海岸站。站在敞開的車門前側耳傾聽，遠方傳來單調反覆的海潮聲。

每天早上搭乘這班電車，我都在心中許願。希望哪天能和她手牽手走在那片沙灘上。

兩人都打著赤腳。

忘卻時間，在乾爽的沙灘上慢慢散步。

有沒有對話都沒關係。

只想牽著手，一邊眺望蔚藍大海一邊漫步沙灘。

可是，這樣的一天遲遲沒有降臨。

什麼事都沒發生，夏天就以猛烈的速度奔來了。

南鎌倉車站前擠滿青年男女，好不熱鬧。映入眼中的建築物，全都掛著紅、白、綠三色裝飾。耶誕夜的傍晚，一個人出來走動是很寂寞的事。

偏離大馬路的前方，有間磚瓦建築的大型咖啡店。十一月底，放學後在南鎌倉閒晃時，碰巧看見貴子姊在那間咖啡店打工。從那天起，我總在放學後前往那間咖啡店，站在店外看她。

不過，今天來有另一個目的。我是來確認她是否連耶誕夜都在打工。

要是貴子姊有男朋友，肯定不會在耶誕夜這天打工。

從大馬路穿越旁邊的巷弄，熟悉的店面映入眼簾。鋪著咖啡色磚瓦的屋頂上，加了耶誕老人和馴鹿的發光燈飾。

走向咖啡店的腳步沉重。萬一她今天不在店裡，我的奮鬥就要告終。又想確認又不想確認的心情折磨著我，就這樣一路走到看得到店內的地方。今天也俐落地躲入平日藏身的電線桿後方。

回想這一年九個月來的奮鬥，恐懼使我不敢抬頭。可是，若知道她沒有男朋友，我就還能再戰。深深吐出一口氣，戰戰兢兢地朝店外露台座位望去。

一如往常，身穿格紋廚師襯衫的她站在那裡。頭上戴著紅白耶誕帽，正在幫客人倒香檳。

我忍不住擺出勝利姿勢。緊握的拳頭一再朝天高舉。上次這麼高興，是小學四年級父親買大富翁給我時的事了。

才說到父親，就看見他出現在咖啡店隔壁的店櫥窗前。父親公司在南鎌倉附近，雖然今天是第一次遇到，平常他應該經常在這一帶出沒吧。

父親身旁，有個身穿誇張皮草外套的年輕女人。想必是他的女朋友。

差不多上個月起，父親回家的時間更晚了。也開始每天早上放一張千圓鈔票在餐桌上，充當我的晚餐錢。附上「總是這樣真不好意思啊，和幸」的紙條。

我知道父親也很努力，雖然一個人很寂寞，無論他遲歸或交女朋友，我都不在意。

咖啡店裡的掛鐘顯示八點時，換回學校制服的貴子姊走出店外。看到她往人少的小巷子走，我就隔著一段較遠的距離尾隨。

途中經過教堂前，她忽然停下腳步。我急忙藏身自動販賣機後，聽見禮拜堂傳出管風琴柔美的音色。

只見她輕閉雙眼，聆聽管風琴的聲音。這樂曲我不陌生，一聽到這首曲子，小時候上安親班的記憶隨之復甦。安親班的古董鐘每逢整點演奏的水晶音樂，正是這首曲子。

那個大雨天，她也是一邊聽著這首水晶音樂，一邊喃喃地說「很美的曲子呢」。之後，兩人一起撐傘回家的畫面更是鮮明閃過腦海。

要告白的話，或許沒有比現在更好的時機——

不管怎麼說，今天可是耶誕夜。順利的話，說不定還能和她共度這個節日。知道她沒有男友的事也在背後推了我一把。要做就要趁現在。

心臟果然又開始怦怦跳。已經不知道經歷多少次了，這種幾乎要衝破胸口的鼓譟心跳。

「唷，小姐！」

我還沒能從自動販賣機後踏出一步，對面就走來兩個金髮年輕人。他們不客氣地摟住貴子姊的肩膀，把臉湊上去說：「耶誕夜一個人在幹嘛啊？」

她原想忽視兩人，快步走開，其中一個大塊頭的男人卻一把抓住她的手：「跟我們走嘛。」

糟透了。那兩人一看就很不妙。兩人都穿了耳洞，大塊頭右腳踝還刺著駭人的刺青。

當然，就算對方是這樣的不良少年，我仍沒有不出面救她的選擇。只要是為了她，我甚至願意犧牲生命。可是，現在我一出面，她肯定會想起我是誰。這麼一來，絕對會問：「你為什麼會在這裡？」到時候，我該如何解釋才好呢。再說萬一，我每天跑來咖啡店外面偷看她的事曝光了，聽起來可是比這兩個不良少年做的事更惡質。

「警、警察！警察來了！」

混亂之中，回過神來我才發現自己這麼脫口大喊。移動到附近小巷，從三人看不見我的地方繼續喊：「警察先生，就是這裡！請快點來救那位小姐！」

透過民宅外側柵欄看過去，不良少年已經跑掉了。太好了。正當我放下一顆心時——

「這不是和幸嗎？你在這裡做什麼？」

回頭一看，父親正從小巷那一頭走來。身後跟著剛才他身邊那個女人。同時發生太多事，我陷入慌亂。不知如何是好，只能衝向眼前看到的大馬路。用書包擋住臉，一口氣從貴子姊面前跑過去。

「喂，和幸！和幸！」

背後傳來父親的聲音，我仍心無旁騖地奔跑。氣喘吁吁，跑進半路上小鋼珠店與便利商店中間的縫隙。

她是否發現我了？不、剛才已經用書包把臉完全遮起來了。在極度的慌亂中，我確定自己唯一冷靜做出的舉動，就是用書包把臉遮起來。

隨著時間經過，激動情緒逐漸平息。依發生順序整理今天的事，找尋讓自己站得住腳的解釋，一一確定沒有任何無法自圓其說的地方。

回到家，要是父親問「你今天在那裡做什麼？」就隨便找個理由搪塞帶過吧。不管怎麼說，總算釐清貴子姊沒有男友的事實。這重大的喜悅打消其他所有不安要素，逐漸感到安心。

問題是，我忽然驚覺一件事。

我現在之所以安心，並非因為得知貴子姊沒有男朋友。也不是因為被不良少年纏身的她最後平安無事。更不是因為沒被她看到我的臉。

我之所以這麼慶幸，是因為「今天也不用跟她告白」，為此鬆了一口氣。最讓我感到安心的，其實是這一點。

狀況連一公釐進展都沒有。我今天做的事，也只是逃避而已。

覺得自己不中用，面對自己是個貨真價實膽小鬼的事實，我傻眼了。

這次的事造成不小的心靈創傷，從那之後，我再也沒去過那間咖啡店。直到新年假期結束，只有時間不斷浪費。

依然無法向她表白的我，就這麼升上國三。

電車抵達前川站，車門一開，揹著書包的小學生一個接一個踏進車廂。遵守陪伴的老師指示，乖乖聚集在車門邊，不給車上乘客造成困擾。

大概要去鎌倉遠足吧。每個孩子臉上看起來都無憂無慮，真教人羨慕。

自從在這班電車上看見貴子姊，已經過了兩年時光。車廂聯結處的那扇玻璃門，直到現在我還不敢伸手推開。

說來很簡單，只要走到這扇門的另一端，對她說「我喜歡妳！」如此而已。實際執行起來，大概不用十秒鐘就結束。可是這短短一句話，我花了兩年都說不出口。

那個下雨日子裡她借我的黃色手帕，依然放在書包裡。如今回想起來，早該在第一次遇見她時就把手帕還給她。那樣的話，就算不敢告白，至少能建立朋友關係，說不定還能度過兩年的快樂時光。不過，現在想這些都於事無補了。不，或許現在做也還不遲，只是都僵持了這麼久，事到如今我實在不甘心只是把手帕還給她。不、真要說的話，我根本連還手帕的勇氣都沒有。

紛擾的思緒中，視線朝隔壁車廂飄去，瞬間又飄回來。應該說，整顆頭都縮回來了。因為，手上拿著文庫本的她正朝這邊定睛看。

這種事第一次發生。腦中浮起無限個問號。

我躲進聚集在附近的小學生之中。為了確定真實狀況，遠遠地伸長脖子一看，她的視線又回到書上了。剛才那只是碰巧嗎？到底是怎樣……

「你們要去遠足啊？」

我還無法整理腦中的思緒，聽見坐在面前長條座椅角落的男人這麼問小學生們。是上次問我「隔壁車廂是否有你掛心的人」那個男人。那次之後，我在這班電車上又遇過他幾次。

他大概早就察覺我對她的心意了。今天不知怎地，總覺得在這節車廂待不下去，再次確認她沒有往這邊看，我就離開了。

五月某天。

「唷，這不是胎記嗎？好久不見啦。」

放學後，回到江之浦，走在車站前，忽然有人從背後抓住我的肩膀。回頭一看，是小學六年級時的同班同學啟吾。

「你怎麼還是個矮冬瓜啊，一點都沒長大耶。」

兩年不見的他，身高抽長許多。比我高上二十公分，應該有一百七了。整個人比以前更具威脅性，我不由得退縮。

「不好意思呀，跟你借點錢喔。」

他大言不慚地說著，瞇起細眉湊上來。表情寫著「不給就揍你」。我害怕得從錢包裡抽出千圓鈔票，他竟伸手把裡面三張千圓鈔都拿走了。

「謝啦，胎記。這是謝禮。」

臉上露出壞心眼的笑容，啟吾拿掉我右臉頰上的紗布。笑著說「你的臉還是一樣髒」，一溜煙跑出了商店街。

在現在的國中裡，從來沒有人取笑我的胎記。原以為已經不再為此自卑，久違地被取笑，心情瞬間跌到谷底。

小學時代卑微的心情支配了我。冷靜想想，臉上有這種胎記的人跟貴子姊告白怎麼可能順利。她一定會覺得很噁心，而我只會丟臉而已。

這兩年對她做的事，現在想來一點意義也沒有。

從今以後，不要再跟她搭同一班電車了。這麼一來就可以不用想告白的事。

當這念頭掠過腦海，我發現自己打從心底鬆了一口氣。原本依附在身上的壓力消除殆盡，甚至覺得一陣神清氣爽。

難以抗拒這麻藥似的安心感，隔天起，我開始搭提早一班電車上學。

她的存在，從我的生活中消失。

可是，心意卻無法消滅。精神獲得解放的另一面，就是不管做什麼都會想起她。想她的時間比過去還多。

外出時，總忍不住找尋她的身影。

無論是車站月台。
還是在學校裡。
走在小路上的時候。
進入便利商店的時候。
借用便利商店廁所的時候。
甚至是在便利商店外面，看著店家玻璃門的時候。
隨時都有種和她融為一體的感覺。連她不可能出現的地方，我都會下意識地找尋起她的存在。
走在街上，看到跟她長得很像的女孩跟別的男生手牽手，我的心臟總是差點停止跳動。髮型相似，或是穿同一所高中制服，這些細節都會讓我疑心生暗鬼，非得跟上去確認不是她本人不可。
「太好了，不是她……」
如此安心的同時，又有另外一個自己對自己說「要是她有男朋友，我就放棄」。

到底該如何是好，我已經搞不清楚了。

沒有她的電車，今天早晨也搖晃著前進。手握吊環，眺望窗外的相模灣。長條座椅的角落，那個常在車上遇見的男人坐在那。腳邊放著深藍色的後背包，轉頭望著窗外的景色出神。

我有點想找個同伴，衝動地想跟誰說話。這個人似乎能看透我的內心，如果是他，或許願意給我一些關於她的意見。

「今晚似乎是中秋明月夜喔。」

大概察覺我走近，他轉回正面。對站在他面前的我咧嘴一笑。

那雙孩子氣的眼睛帶著笑意，讓我很有安全感。「……好像是。」明明不懂，我還是這麼脫口而出。

「月亮很美呢。」

「是啊。」

「如果能在茅崎海岸賞月，一定很棒。」

「那個、請問……」

我難為情地把臉湊過去。他說「什麼事呀」，嘴角上揚。

「問個非常失禮的問題，請問你有女朋友嗎？」

哪有人劈頭就問這個。儘管這麼想，他卻沒露出不悅的表情。

「有啊。」

「戀愛很好嗎？」

我變得前所未有的多話。看到他溫和的表情，總覺得不管問什麼，他都會接受。

「這問題真難回答。」

「不好意思，問了這麼奇怪的事。」

「不會啦，別在意。雖然是個不容易回答的問題，我的答案毫無疑問是YES喔。」

他語氣堅定，表情也很認真。

「你想想，兩個原本沒有關係的人相遇了，牽手、接吻。距離瞬間拉近，幾乎可以說是戲劇化的發展，真的非常美好。最重要的是，對方從多如繁星的人群中選擇了自己，這件事讓我高興極了。」

「……如果，沒被選上怎麼辦？」

「這話怎麼說？」

「不是啦，我的意思是，要是自己鼓起勇氣告白，卻被對方拒絕怎麼辦。」

我苦笑著解釋，他也露出羞赧的表情搔搔太陽穴：「我以前也一直有跟你一樣的想法。」

「可是，我是這麼認為的啦。這世界上，有我們命中注定的人。」

「……命中注定的人？」

「對，我很喜歡『輾轉相逢』這個詞。花了很長時間終於相遇，那不是一件偶然的事。所以，如果對方是自己命中注定的人，結果一定不會像你想的那麼糟。」

江之浦一帶的樹葉開始轉紅。秋風掃落葉，落葉從站前的大馬路上飛過。太陽快下山的這個時段，秋意感覺特別濃。

看著遠方往前走，平交道那一頭走來一個穿白色水手服的女生。從胸前繫的紅領巾看來，那是貴子姊她們高中的制服。

這個女生看上去也跟貴子姊很像。不過，一定跟平常一樣，只是一個很像她的人而已。我這麼認定，也沒太放在心上。然而，當她的身影愈來愈清楚，我的脈搏就跳得愈來愈快。因為，那就是貴子姊。

半年不見的她，感覺像初次見面。即使距離還遠，總覺得她似乎變得比以前更漂亮。不都說戀愛中的女人會變美嗎？她是不是有喜歡的人了？我不安起來。

邊走邊看手機的她，沒察覺我的存在。平交道刺耳的警示聲像配合她步伐節奏似的嚐嚐響起。眼前的柵欄慢慢下降。

除了她走來的那條路，還有另外一條路橫過平交道那一頭。她不一定會越過平交道，可能在那條路上右轉，也可能左轉。

她把手機收進上衣口袋了。站在平交道前的我身邊沒有其他人。朝我這方向投以視線，她繼續往前走。

之前在電車上，那個男人說的話浮現心頭。

——可是，我是這麼認為的啦。這世界上，有我們命中注定的人。

快速電車從眼前奔馳而過，擋在我和她中間。

當這輛電車行駛過後，如果她不在眼前了，那我就放棄。如果她還在，穿越平交道後，我們將以非常近的距離擦身。她一定會發現我。

那就表示，她是我命中注定的人。只要她是命中注定的人，就一定會過平交道。

所以，到時候我就告白吧。

電車經過時掀起的風吹過我全身。低下頭，下定決心後，我抬頭緊盯正前方。

被疾風吹得飛起的瀏海，像鐘擺一樣回到原本的位置。最後一節車廂通過眼前。

秋天過去，季節進入冬天。

新年來臨。

然後——

「小磯、小磯站到了——」

車內廣播響起，車門同時敞開，大群乘客湧上來，各自移動著找尋座位。

我在第三節車廂聯結處旁的四人座位上，看見上次那個男人。他把右手擱在窗框，眺望窗外景色。

眼神相對，他說聲「好久不見」，示意我坐他對面的位子。

「好久不見。」

「你今天怎麼這麼晚？」

「睡過頭了。昨晚看深夜動畫的精華篇，看到一半睡著。」

我難為情地搔搔頭，他呵呵一笑。

「上次在電車上遇見你的時候，我們聊了一點戀愛的話題呢。」

「不、那件事不用提了。」

我打斷他的話頭。或許訝異於我強硬的語氣，他對我投以探詢的眼神，過了一會兒才轉移視線。

我已經放棄貴子姊了。

她不是我命中注定的人，我這樣說服自己。

那天，她沒有過那個平交道。

「……遼闊的大海，很棒吧？」

望著窗外，他如此喃喃低語。

「每次看到廣闊的大海，就覺得自己好像什麼都辦得到了，很不可思議喔。大海總是帶來勇氣。」

他露出徹悟的眼神，用那雙眼睛看著我。

「我高中的時候啊，有個喜歡的女生。」

萬分感慨地這麼告訴我，又把視線轉回窗外。不時對我投以一瞥，繼續淡淡訴說了起來。

「可是我很害羞，就連得知那個女生要轉學了，也不敢告白。高中畢業後，我始終沒有離開老家這塊土地。因為心裡抱著一絲希望，說不定哪天她會回到這個城鎮。那之後的日子過得可苦了，明知她不在這裡，卻每天到處找尋她的身影。」

聽著聽著，我心想，這個人跟我很像。

「現在回想起來，真的是很丟臉喔。在街上看到跟她很像的女生挽著別的男生的手，我就難受得快要死掉。非得跟在人家後面確認不是她才安心。」

「……我懂你當時的心情。」

我忍不住往前探身，急切地問：「那你跟那個人，後來怎麼樣了？」

「開始交往了。」

「欸？」

「十多年後，在鎮上偶然重逢。她就是我現在的女朋友。」

聽到這件事，我非常高興。有種自己宿願得償的感覺。

「重逢的時候……是你主動告白的嗎？」

我這麼問，他苦笑著說：「喔、嗯……也不知道那個算不算告白啦。」

「為什麼忽然敢告白了呢？」

「什麼為什麼？這還用問嗎？」

他理直氣壯地說著，用犀利的眼神看我。

「因為不想後悔啊。」

因為不想後悔啊。

因為不想後悔啊。

因為不想後悔啊。

他這句話，在我腦海中反覆迴盪。

「我啊，一直很後悔。為什麼高中時沒能跟她告白。無法原諒自己為何明知她要轉學，卻沒有採取行動。所以，當時我就對著鎌倉的大海發誓，今後如果能再遇見她，我一定要鼓起勇氣。」

「…………」

他的話，說中我的痛處。

他的後悔之情，直接戳入我心中。

「下一站，茅崎海岸，茅崎海岸要到了——」

車內響起廣播，窗外出現大片沙灘。

在這片沙灘上和她牽手漫步，是我的夢想。

是我自己什麼都不做，就把這夢想捨棄了。

隔著走道的四人座椅上，一對身穿制服的男孩女孩相互依偎。兩人的手在座位下方牢牢牽著。女生撒嬌地把頭靠在男生肩膀上。看著他們，我心想：好羨慕。

他們在自己周圍建立了一個沒有其他人能靠近的兩人世界。

我想起和貴子姊的事，朝車廂聯結處望去。至今，我不知朝這扇玻璃門的另一端窺看過幾千次。對自己浪費掉的時間後悔不已。這時，心跳忽然加速。因為視線的前方，有著令我懷疑自己眼睛的人，貴子姊。

和以前一樣，她站在那裡手抓吊環讀文庫本。

為什麼會是這個時間？今天早上我明明睡過頭，現在已經十一點多了啊。

世界上有這種奇蹟嗎？
這一定是上天給我的最後機會。
這下，只能行動了——
奮起的同時，另一個我探出頭來。還是下次再說吧。好好刷過牙再來不是比較好嗎？做任何事，最重要的就是事前準備。把想說的話都決定好再告白，勝算才會比較高。
我用力甩頭。告訴自己，我只不過是在找聽起來理直氣壯的藉口逃避罷了。臉上的胎記也是藉口。說她不是自己命中注定的人也一樣。都只是想逃避告白的藉口。
「我和女朋友啊，馬上就要結婚了。」
最重要的是，現在已經三月了。身為高三生的她，去學校的時間不多了。
「我和她是在小田原一座森林裡熟起來的，透過一隻名叫小白的狗。」
距離高中畢業典禮，已經沒剩下幾天。我確定要就讀地方上的高中，和她在電車裡相遇的機會，今天或許是最後一次。

我。

我——

「和她重逢後，我告訴她自己的心意。交往時，我主動求婚了。因為我啊，不希望和她之間的一切——」

我不希望和她之間的一切只是變成單純的回憶。

「只是變成單純的回憶。」

我的心情，和眼前的男人同步了。我站起來，現在就要去打破柏林圍牆。

命運——

命運，要靠自己親手開拓。

拉開車廂聯結處的門，踏入第三節車廂，一步一步縮短與拉著吊環的她之間的距離。

「那、那個……」

我站在她身邊，她闔起手中的書，慢慢朝我轉頭。

還來不及對上她的視線，電車就脫軌了。

周遭是一片打翻墨汁般的漆黑。我不知道自己究竟是站在黑暗外面看，還是身在黑暗中。在宛如失去體重的輕飄飄意識之中，只感覺得到無邊無際的黑暗。

在這片黑暗裡，好像有什麼在閃爍，就像作著不斷變換場景的夢。

翻覆的電車車廂。

頭上流著血倒下的人。

溪谷間的陡峭山崖。

感覺就像這些場景混在一起無止境地反覆出現。突然，有人抱起我。

和幸。

似乎有人喊我的名字。

不久，眼前出現全白的牆壁。我眨了好幾次眼睛，漸漸明白眼瞼一上一下的人是我自己。也隱約理解現在自己身在何處，以及剛才看到的白色牆壁，其實是這個地方的天花板。

「醫生，和幸醒來了！」

身穿白衣的女性衝出房間。看到床邊的心電圖，聞到瀰漫整個房間的消毒水氣味，我意識到這裡是醫院。

「這裡是南鎌倉綜合醫院的病房，你遇上了電車脫軌事故。」

來了一位上了年紀的醫生，一邊用聽診器抵在我胸口，一邊開始冗長的說明。我在那場事故中倖存，只斷了三根肋骨。今天已經是事故發生三星期後的三月二十六日了。這段期間，我一直躺在這間醫院裡昏迷不醒。

聽了這些說明，我還是有點懵懵懂懂。腦中沒有遇到事故時的記憶，事故前的記憶也模模糊糊，不是很確實。

這天傍晚，父親來到病房。父親的事我倒是記得很清楚。他的聲音聽起來雖然很擔心，或許因為工作忙碌，頻頻為了講電話進出病房。

代替父親進來的是個年輕女人。妝化得很濃，全身散發刺鼻香水味。「我叫千秋，和你父親正在交往。」如此自我介紹後，她便坐在床邊為我削蘋果。

記得之前我好像在哪間咖啡店的附近，看到她和爸爸在一起。心裡大概有數，預感爸爸很快就要和這人再婚了。

隔天，警方的人開始造訪病房。問了我許多與脫軌事故有關的事，只是我的記憶恢復得還不多，也無法回答。

等意識回到腦中，已經是五天後的事了。

那天，看到放在病房角落的書包，我強忍肋骨周圍的疼痛，下床拿起書包。

打開書包，黃色手帕映入眼簾。應該是很重要的東西吧？還用一個夾鍊袋裝著。

把袋子拿在手上看的時候，心忽然怦怦跳起來。輪廓清晰的記憶如雪崩般落入腦中。脖子上流淌黏膩的汗水，就像拔掉塞子的浴缸，隨著一口氣流入排水孔的水，記憶斷片急速串連起來。

「貴子……姊……」

她的名字脫口而出。

那天，我和貴子姊搭上同一班電車。我打算向她告白，才剛走到她身邊，電車就瞬間猛力搖晃。

她平安無事嗎？她現在怎麼樣了？

再也無法待在原地，抓起掛在病房衣架上的外套披上，換穿牛仔褲，我衝出病房。

「你要去哪裡！」

甩開制止我的護理師，我跑出了醫院。我不知道她現在人在哪裡。說不定她也在這家醫院住院中。可是，總之可以先去一個地方。去了那裡，大概就能問到她的事。

鎌倉線因為事故的關係停止運行，我先搭電車到東京，繞了一圈才抵達江之浦。傍晚的昏暗天色籠罩下，我用最快速度跑向安親班。

「優太！」

安親班後方公園長椅上，優太一臉寂寞，獨自坐在長椅上。看到我，他站起身。和三年前相比長高了一些。

「優太，你還記得我嗎？以前我們在安親班見過面吧？」

我這麼問，優太點點頭。我激動嘶啞，抓著他一口氣問：「你姊姊前陣子是不是遇上電車脫軌事故？姊姊現在怎麼了？她還好嗎？」

「……她死了。」

「咦？」

「貴子姊姊，在脫軌事故中死了。」

「………」

視野裡，只剩下中間那張優太的臉，其他東西都消失不見。

「不會吧……」

我無法接受，抓住他的肩膀用力搖晃。然而，看到他眼中流下的大量淚水，我立刻明白他說的是事實。

優太啜泣著告訴我事故詳情。搭上脫軌電車的貴子姊，跟著車廂一起翻落山崖死亡。

「姊姊今年春天原本要去讀護校的。」

貴子姊小學時，父親因病去世。出於想救治人命的心情，她立志成為護理師。為了賺取學費，高中三年拚命打工存錢。

聽著優太的話，我呆站在原地。連答腔都沒有辦法，只是茫然地站在那裡，好久都動彈不了。

骨折的肋骨在四月底痊癒，我也出院了。回到地方上的高中上學，班上同學都用好奇的眼光看待脫軌事故中倖存的我。也因為比大家晚入學的關係，我在班上顯得格格不入。

「唷，胎記。你這傢伙壞運還真強呢。」

有個人從教室後方跑過來，扒掉我右臉頰上的紗布。「遮什麼胎記啊，大大方方秀出來啊。」他接著這麼說。

是啟吾。他也上了這所高中，倒楣的是，我們又同班了。

啟吾把頭髮染成茶色。

「下次的零用錢再拜託你嘍！」

調侃地說完，啟吾用力拍了一下我的頭。從這天起，我在班上就孤立無援了。

我失去了活下去的意義。

險峻的山谷張著血盆大口。遙遠的谷底，有條細細的河川流過。河床上躺著電車車廂，上面蓋著藍色塑膠布，像包上包裝紙的玩具。

我抱著想抓住什麼的心情，前往貴子姊喪命的山崖。從南鎌倉車站走過來大概三十分鐘。

爬上山崖時，沿路上都放有花束。大概是死者家屬來獻花祭拜了吧。

崖邊的防護柵欄嚴重扭曲，說明了事故的撞擊力道有多強大。有一段柵欄完全碎裂，電車應該就是從那裡衝過去的。

沿途合掌默禱時，在坡道上遇見一位拿著一大束花的女性。她在我身旁蹲下，雙手合十默哀後問：

「……你失去了什麼人嗎？」

她慢慢站起來，說自己名叫樋口智子。

「我在這次的事故中，失去了心愛的未婚夫。」

樋口小姐說起事故的始末，也提到她現在懷有身孕。

「……我失去了喜歡的女孩。」

受到她真摯的態度影響，我自顧自地開了口。一五一十告訴她我一直愛著那個女孩卻無法告白，在鼓起勇氣告白前一刻，電車就脫軌了。

聽到我活得這麼笨拙，她也沒有取笑我。一邊傾聽，臉上一邊露出母親對孩子展現的溫柔笑容，頻頻點頭，像是在說「我明白、我明白」。

「如果我告訴你，能有一次機會見到那個女孩，你會怎麼做？」

等我結束剖白，她開始說起一件奇妙的事。據說深夜前往西由比濱車站，會遇到一個叫雪穗的女鬼。她說深夜鎌倉線上有一輛幽靈電車，那就是發生事故的那輛電車，如果想要，可以搭上那輛車。

從表情即可得知樋口小姐不是在開玩笑。感覺得出她真的設身處地為我著想，我也確定這個人可以信任。

最重要的一點是，我想去見貴子姊。無論如何都想把自己的心意告訴她。

「我認為，你應該去見那個女孩。」

樋口小姐毫不猶豫地這麼說，眼神充滿力量，加深了我對貴子姊的想念。

我打算今晚就去找那個叫雪穗的女鬼。

半夜的月台上，安靜得像潛入深海底。連掛在牆上的時鐘秒針移動的微弱聲音都聽得見。

打破寂靜的，是月台深處傳來的噠噠腳步聲。一個身穿水手服的高個女孩走到我前面。

「……妳就是雪穗小姐嗎？」

「對啊，雖然我是個鬼，還請多指教嘍。」

她語氣冷淡，但嘴角微微帶笑。因為說是女鬼，原本想像的是更駭人的模樣。可是，她的外表怎麼看都像普通人類，身體也不是半透明的。

我簡單說明自己和貴子姊的關係。

「沒想到會有實際搭在那輛脫軌電車上的人來，你的例子真稀奇。」
「那輛幽靈電車，真的會行駛過來嗎？」
我急著把話題導回來，雪穗就露出雪白的牙齒笑著說「你這孩子真急躁，呵呵」。「真的會啦」這麼說著，她朝前方努了努下巴，一輛半透明的電車正緩緩靠近月台。
我驚訝得心跳加速。停在眼前的電車上有許多乘客。連乘客交談的聲音都聽得見，跟平常站在月台上聽到的一樣。
「這輛電車，就是那天脫軌的電車本身喔。」
雪穗雙手抱胸，用熟練的語氣說明起來。只有對那起事故懷抱強烈情感的人才看得見這輛電車。只要搭上這輛電車，就能見到死去的犧牲者一次。跟昨天樋口小姐講的一樣。
聽完之後，我對她提出內心的疑惑。然而，她像是早就知道我會這麼問似的，立刻補充「不過——」將搭乘幽靈電車的四個條件告訴我。

- 只能從死去的犧牲者上車那一站上車。
- 不能把即將遇害死亡的事告訴死去的犧牲者。
- 在電車通過西由比濱站前一定要下車。一旦通過西由比濱站，搭上這輛車的人也會遭遇事故死亡。
- 就算見到事故中遇害的犧牲者，現實世界也不會產生任何改變。不管做什麼，在事故中死亡的人都不會復生。若是試圖在電車脫軌前讓車上的人下車，馬上就會回到現實中。

我還在腦中整理這四個條件，南鎌倉車站方向就傳來劇烈撞擊的聲音。雪穗小姐朝鐵軌盡頭望去，警告我說：「一旦搭過西由比濱車站沒有下車，你也會變成那樣喔。」

「幽靈電車的車身愈來愈透明了。總有一天會被上天收回，要是你有想見的人，最好早點上去。只要在深夜時分前往死去的人上車的那一站，剛才那輛電車就會開過來。就這樣。」

她對我揮揮手，身影倏地消失。寂靜再度降臨一片漆黑的月台。站在導盲磚的外側，我始終注視著電車開過去的方位。貴子姊就在剛才開過去的那輛電車上。光是想到這個，視線就無法從遠方收回。

我沒有一絲遲疑。

黑暗籠罩月台與四周。兩片分開的雲朵縫隙間，透出一點冷冷的月光。才剛舉起手錶想確認時間，黑暗彷彿瞬間融化，陽光開始照亮周圍的事物。出現在眼前的，正是發生事故那天早上，我在江之浦車站看見的景象。半透明的電車從湯河原方向駛近。就在停靠月台這一刻，紮著馬尾的貴子姊小跑步穿越剪票口，直接跑上第三節車廂。只見她吁了一口氣，表情像在說「幸好趕上了」。

我和過去一樣，從第二節車廂的車門上車。電車抵達西由比濱站前，只有不到五十分鐘時間。一分一秒都不能浪費，但在見她之前，我有非做不可的事。

過了一會兒，電車停靠小田原城前站。車門一開，揹著深藍後背包的男人上車了。我站在離他稍遠處，親眼看著他在四人座靠窗的位置坐下。

我用全身力氣嘆了口氣。其實早已隱約知道不可避免，內心還是暗自祈禱，希望他不要搭上這輛車。然而，他還是來了。

昨晚，我在西由比濱車站出現的那輛幽靈電車上看到熟悉的男人。這表示，那天和我說了那些話後，他也在事故中喪生。既然現在他出現在這裡，肯定是這樣沒錯。

「……您早。」

我站在座位旁跟他寒暄，他舉起手說「嗨」。我點頭回應，立刻換上嚴肅的表情，向他深深一鞠躬。

「真的非常感謝您聽我說了那麼多話。」

跳過事故當天說的話，劈頭就道謝，這或許會讓他感到奇怪，但我沒有辦法不表達感謝之意。如果沒有他，我就不會鼓起勇氣。是他在我背後推了一把。

「……我現在要去跟喜歡的人告白了。」

我抬起頭，難為情地這麼一說，他就從位子上站起來。什麼也沒問，對我伸出右手。

我用力握住他的手。當然，他並不知道等一下自己就會因事故身亡。可是，他緊緊握住我的手，像是將什麼託付給了我。

「因為不希望一切只是變成單純的回憶。」

我堅定地說出這句話，他露齒一笑。一會兒之後，像是還有一絲不捨地放開我的手，他坐下來開始看海。

在衝動的驅使下，我伸手推開車廂聯結處的門。身上穿的是國中時的制服。國中三年都穿著這身制服遠遠看她，告白的時候，沒有比這身打扮更適合的了。

踏進第三節車廂，她的側臉就在眼前。和那天一樣，手抓吊環，正在閱讀文庫本。

看到她就在眼前，我萌生了一絲躊躇。不過，更強烈的情感從體內湧出，一口氣推翻了猶豫。我往前一步，站在她身邊。

「那、那個……」

與奮勇的姿態相反，聲音是顫抖的。闔上文庫本的她，緩緩朝我轉頭。

隔著不到五十公分的距離，我和她四目相對。上次這樣從正面看她，已經是下大雨那天一起回家時的事了。一旦站在她面前，喉嚨的肌肉還是情不自禁收縮，發不出聲音。

可是，她的眼神非常溫柔。像是知道我很緊張，為了讓我放心似的，眼裡透露著笑意。

一起回家吧。

躲到我雨傘底下吧。

她現在臉上的表情，就跟那天開口招呼我時一樣。看著她充滿包容力的柔和笑容，我開口了：

「那、那個，我、我是……」

「我記得喔。」

不等我說完，她就插口說：「你是下雨那天，一起回家的孩子吧？」
「……妳記得我啊。」
臉上依然綻放著微笑，她點點頭。一雙大眼也和那天沒有兩樣。
然而，凝視著我好半晌後，她的眼睛忽然濕潤了起來。
「妳、妳怎麼了？」
「不……沒……沒什麼啦。」
她把手舉到臉旁揮一揮，指尖抹去盈滿眼眶的淚水。像是刻意轉移話題似的說：「你現在才要去上學？」
「對，我今天有點睡過頭。」
我慚愧地說著，她用手遮住嘴巴，呵呵一笑。
「其實我也是睡過頭。今天是畢業典禮預演的日子，我昨天深夜卻在看喜歡的動畫精華篇，看到天亮。」
「我也是！」
她笑逐顏開，雙眼閃閃發光地說：「原來你也是啊！」兩人並肩抓著吊環，討論喜歡的動畫討論到忘了時間。

「我除了動畫，也很喜歡看書。」

「我也是！」

曾經夢想著事情能這樣發展，我在隔壁車廂拚命讀了她在讀的書。覺得自己的努力獲得回報，喜悅湧上心頭。

好開心。

真的好開心。

我確信這一瞬間，是有生以來最開心的時刻。

和她在一起，雖然也會為了擔心出洋相而緊張，但這是不一樣的緊張感。說這個話題會不會有問題，又或者會不會沒有問題，得像這樣在發言前後一一確認內容，才能再往下聊。可是，這些都令我樂在其中，就連這些綁手綁腳的東西，只要和她在一起都是幸福。

然而，看到窗外的景色，提醒我終點漸漸靠近，內心就不由得蒙上一層陰霾。

很快地，這段幸福的時間就要告終。不到三十分鐘後，她將遇上脫軌事故，這是無可改變的事實。

愈喜歡眼前的她，離別就愈是痛苦。意識到這份現實時，我開始說不出話了。也不敢看她的眼睛。

茅崎海岸的風景出現在窗外。

「海岸真的好漂亮喔。」

她望向窗外，總覺得，這時她臉上的表情有股說不出的落寞。

我們視線前方，是那片藍得近乎刺眼的廣闊大海，與白晃晃的沙灘形成美麗的對比。

這三年來，儘管搭的車廂不同，我們每天早上看的都是同樣的景色。我一直暗自期盼，哪天能和眼前的她牽手在那片沙灘上漫步。

看著以規律節奏拍上岸邊的波浪，一一拉開腦中記憶的抽屜。

在車站前埋伏等候她的事。

和她搭同一節車廂，抓著吊環站在離她很近的地方。

在咖啡店外偷看她的事。
用書包遮臉從她面前衝過去的那個耶誕夜。
走在街上，只要看到很像她的女生就跟上去的事。
隔著平交道看見她的事。
還有，下大雨那天，和她撐同一把雨傘並肩前行——
我漫長的戰鬥即將落幕，另一個我告訴自己，或許不告白就這樣結束也沒關係。
可是，持續眺望藍色大海，我開了口。
「我……我的命是妳救的。」
「…………」
放開抓住吊環的手，她用筆直的視線凝視我。
「妳讓我一起撐傘那天，我本來打算尋死。我連一個朋友都沒有，父母離了婚，父親忙於工作不太管我。還有，現在雖然用紗布遮掩，其實我右臉頰上有個大胎記，加上個子又矮，過去一直被霸凌。可是，下大雨那天，妳卻為這樣的我撐傘。那天妳送我的甜甜圈，我從未忘記過那份美味。那時，感覺像是有人告訴我，活著也沒關係……那天的甜甜圈盒子，我到現在還捨不得丟，一直好好收藏著。我這條命是妳救的。」

我沒有從她身上轉移視線，繼續往下說：

「這三年來，我一直都在看妳。每天早上，從隔壁車廂偷看妳。可是，我提不起勇氣跟妳說話。就算在街上遇見妳，也什麼都不敢做就回家了。我、我——」

一絲躊躇使我低下頭，但馬上又抬起頭來接著說：

「我喜歡妳。」

「……」

「妳是我在世界上最愛的人。現在還是，今後也永遠會是。」

「……」

「我必須感謝妳。感謝——」

說到這裡，我擠出最後的力量，眼神用力注視她：

「與妳輾轉相逢。」

「…………」

說完之後，視線依然沒有從她身上移開。周圍的乘客一臉狐疑地看著我們。

她表情嚴肅，沉默不語。不久，才輕輕嘆了一口氣。

「……謝謝你。謝謝。」

像是虛脫一般，她不斷反覆道謝，眼淚從雙眼滴落。

「咦？我怎麼哭了。大概因為這是第一次有男人向我告白吧。」

或許不想追究我哭泣的原因，她語氣急促地這麼說。「或者因為——」抹去眼角的淚水，她接著說：

「因為你太好了。」

「……」

兩邊臉頰都在發燙。一陣害羞，我不由得眨了好幾次眼睛。

她的眼睛看起來還濕濕的，我從斜揹在身上的書包裡拿出黃色手帕。

「這是下雨那天，妳借給我的手帕。」

把手帕遞給她，她卻推回來：「我希望你一直保留這條手帕。」還說：「用它代表我毫無虛假的心意。」

「我現在喜歡上你了。再說一次，我喜歡和幸。」

「……」

彷彿一切都被橡皮擦擦掉，腦中一片空白。突如其來的事態令我陷入混亂，想從這一切逃跑，忍不住低下頭。

漸漸地，胸口有熱熱的感覺湧上來。慢慢抬起頭，她對我微微一笑，眼神朝窗外飄去。

看著眼前廣闊的沙灘，我抓住身邊的她的左手。她雖然害臊得羞紅了臉，仍緊緊回握我的手。

面對茅崎海岸的風光，我們始終牽著彼此的手。蔚藍大海在陽光照耀下，海面無數光點搖曳。

搭上幽靈電車的隔天，我前往貴子姊死去的山崖。

在上山的路旁供上薔薇花束。一邊回想昨晚的事，蹲下來雙手合十。

我打算追隨她而去。今天早上，在家中房間的抽屜裡放了遺書。

既然都要死，我想和她死在同一個地方。正當我打算翻過柵欄，投身山崖時——

「非常抱歉，請問您是不是在脫軌事故中失去了誰？」

一個站在路旁俯瞰崖下的男人向我走近。雖然暗自埋怨他妨礙了我，姑且還是回答「對」。

「這樣啊，要是造成您的不愉快，真是非常抱歉。」

男人客氣地低下頭道歉。

「其實，我當時也在那輛脫軌電車上。」

「……這樣啊。」

「真是慘烈的事故。我運氣好，只受了輕傷……對了，其實在我搭的那節車廂上，遇見一位非常勇敢的女孩。」

男人語帶深意，表情真摯地訴說：

「我搭的是脫軌電車的第三節車廂。當電車脫離軌道，即將墜落山崖時，我碰巧被甩出車廂外。我從車外對留在第三節車廂裡的一個年輕女孩伸出手，她卻拜託我說：『請您先救這個孩子！』」

「……」

「那個女孩穿著制服，應該是高中生，她抱起一個小個子的男孩，從開始傾斜的電車裡，把他託付給我。就在那之後，車廂掉落山崖。」

聽著聽著，一股不好的預感竄流全身。我抓著男人追問：「那個男孩子長什麼樣？請告訴我，那個女孩救下來的男孩有什麼特徵？」

「我自己也受了傷，混亂中沒有記清他的長相，不過——」

男人先這麼解釋，然後對我說：

「他右邊臉頰上，有一大塊胎記。」

心頭一震，就這麼屏住呼吸，加速的心跳快得有如壞掉的節拍器。

感覺像腦袋被人抓著搖晃，片片斷斷的記憶雜亂無章，毫無脈絡地流入腦中。

這種類似記憶閃現的體驗，之前住院時也經歷過。翻覆的電車車廂、頭上流血倒地的人、溪谷間的陡峭山崖。這些畫面交錯之後，有人將我抱起。

那個人的身影，如今清晰浮現腦海，是我在這個世界上最重視的女孩。我聽見她的叫聲。

「請先救這個孩子！請先救和幸！」

驚愕的同時，總覺得腦中閃過的這句話好像有個地方不太合理。這個感覺與昨晚她在幽靈電車上說的話連結，迴盪在耳朵深處。

──我現在喜歡上你了。再說一次，我喜歡和幸。

可是，我從來沒在她面前提過自己的名字。下大雨一起回家那天，她也沒問我叫什麼名字。那天交談的內容我記得非常清楚，可以肯定絕對沒有提過。昨晚在幽靈電車上，她依然沒有問我的名字，但是，她卻知道我叫和幸。

回溯種種記憶，想起了一個可能性。

前年耶誕夜，我用書包擋住臉，從她面前跑掉的時候，父親也在場。父親在我背後大喊了我的名字「喂、和幸！和幸！」。

這麼說來，答案只有一個——

那件事之後，她就已經察覺我了。

察覺用書包擋住臉跑掉的，是大雨那天一起回家的小學生。

之前曾有一次，她在電車上盯著我所在的那節車廂。

耶誕夜的事件過後，她就知道我在電車上偷看她了。

電車脫軌事故當下，她是在知道我是誰的情況下救了我的。

我這條命，再次被她拯救了嗎？

一環扣著一環，從推測變為確信。

大受打擊的我說不出話。

跪坐在地，冷風從耳邊呼嘯而過。

昏暗天色中，雨下個不停。走著走著，雨點打得雨傘越發沉重。

安親班屋簷下，揹著書包的優太正在躲雨。「晚安。」我走到他身邊，配合他的身高半蹲。

「優太，有人會來接你嗎？」

溫柔詢問他，優太露出落寞的表情。

「媽媽呢？」

「姊姊死掉之後，媽媽工作愈來愈忙。」

「……這樣啊。不然，我幫你撐傘，陪你回家吧。」

他沉默不語，我好聲好氣地對他說：

「我雖然不能代替你死掉的姊姊，可是，至少還能來接你回家。從今天起，每天我都會來接你。」

優太臉上浮現微笑。羞赧地說「謝謝你，大哥哥」，躲入我的傘下。

優太的頭髮被雨淋得濕亮。我停下腳步，從書包裡拿出手帕幫他擦拭。

這條黃色手帕，是貴子姊給我的。在幽靈電車上，她說希望我一直留著這條手帕。

「唷，胎記！」

正要走出安親班的園區，啟吾擋住我們去路。

「看你走跟平常回家不同方向的路就跟來看看，你在這種地方幹嘛？」

「我們走，優太。」

我想默默離開，啟吾卻粗暴地抓住我的手臂。「竟敢裝作沒看見我，你這傢伙！」撐著傘的他一臉凶神惡煞。

「算了，先不講這個。再借錢給我吧。」

「……不要。」

「啥？」

我一甩掉他的手，啟吾就變了臉色。「你這傢伙搞什麼，從剛才就用那什麼態度？喂！喂！」說著，他伸出手戳我胸口。

「不要這樣！」

優太拉扯啟吾的襯衫袖子。啟吾怒罵：「小鬼閃遠一點啦！」把優太給推倒了。

「你做什麼！優太！沒事吧？」

我擔心地跑向優太，他往後仰倒，背部碰撞在地上。

「你少裝了啦，胎記。還用那種破爛髒手帕。」

「……你說什麼？」

體內湧出某種狂暴的情緒。丟開雨傘，我怒視啟吾。

「蛤？你是怎樣，兇什麼？」

「給我收回去。」

「蛤？」

「剛才那句話，給我收回去。」

「你說什麼啊，莫名其妙，喂！」

啟吾拍打我拿著手帕的右手，手帕掉在地上。

「你別太過分！」

壓抑不住情緒，我上前對啟吾揮拳。拳頭落空，啟吾抓住我的手腕，伸腿將我絆倒。

「你從剛才就很囂張喔。再來啊！再來啊！」

我仰躺在地上，啟吾從旁邊狠踢我的肚子。我一邊呻吟，一邊奮力用雙手抱住他抬高的右腳，將他撂倒。

「道歉！向貴子姊道歉！」

啟吾爬起來，繼續踢我的側腹，還從我口袋裡抽走錢包。見他轉身就要離去，我從後面抓住他。

「你這傢伙煩不煩啊！」

「我才不會輸給你。要是輸給你，就沒臉面對貴子姊了。」

「在說什麼啊，混帳！」

「你是不是從來沒有真心喜歡過誰？」

「蛤？」

「我在問你，你是不是沒有愛過別人？」

「沒有啦，那種鳥事！」

「我想也是。所以你很沒用，我絕對不會輸給你這種人！」

我從後方扛起啟吾的身體，將他撂倒在地。全身濕透的我們扭打成一團，優太跑過來壓在我們身上。「不准你欺負大哥哥！」優太伸出小拳頭搥打啟吾的肚子，掙扎起身的啟吾把優太整個人踢倒。

「你們在做什麼！」

察覺吵鬧聲的安親班老師撐著傘從園區另一頭跑過來。啟吾嘖了一聲想離開，我再度從背後雙手擒抱他的腰。

「夠、夠了喔！你這傢伙！」

「快道歉！向貴子姊道歉！道歉啊！你給我道歉！道歉！」

我從背後咬住啟吾的右手。「好痛！」看到他發出哀號，我更死命咬緊。

優太也不甘示弱，咬住啟吾的左手。

「痛、痛死了！」

「不道歉的話，我們還會繼續咬！給我道歉！」

「痛、痛！對、對不起啦！」

「放下我的錢包！給我放下！」

「痛痛痛……！知、知道了啦！對不起啦，好痛！」

我放鬆下顎的力氣，優太也滿足地鬆開牙齒。啟吾在安親班的大人趕到之前一溜煙逃了。

「怎麼了？」

我一邊喘氣，一邊跟安親班的女老師說，只是和朋友起了小爭執。她還有些狐疑，一旁的優太正氣凜然地說：

「我從今天開始，要跟這個大哥哥一起回家。他就像我真正的哥哥一樣！」

那毅然決然的態度，一點也不像個小學生。看到他一步也不退讓的樣子，女老師大概也沒轍了，只說「好吧，那你們回家要小心」就回安親班去了。

「大哥哥，你沒事吧？」

「我沒事喔，優太你有沒有受傷？」

撿起手帕這麼問，優太露出堅強的眼神點點頭。那英姿煥發的表情，讓我想到了貴子姊。

我撐起雨傘，優太走到我身邊。露出雪白的牙齒笑著說：「全身都濕透了，撐傘也沒意義。」

雨聲中，安親班裡傳出熟悉的旋律。

「啊、是貴子姊姊喜歡的曲子。」

身旁的優太朝遊戲室望去。晚上七點整，掛鐘附設的音樂盒流洩動人的水晶音樂。

「之前姊姊有跟我說過，這是她在世界上最喜歡的一首曲子。」

「……這首曲子叫什麼？」

「她說這是〈愛的禮讚〉。」

敲擊金屬發出的高亢樂聲慢慢滲入耳中，緩慢的旋律像正對我傳達某種訊息，傳遍全身。

眼皮底下濕潤起來，眼淚差一點就要落下，我勉強忍住。

得變得更強才行——

雖然這麼想，終究還是忍不住。眼淚終於流下來，順著兩邊臉頰滑落。

用濕透的黃色手帕擦拭眼角。為了表示決心深呼吸，直視前方。

「那我們走吧，優太。」

我用堅定的語氣這麼說著，拿掉臉上的紗布。

第四話

去見孩子的爸。

「孩子的爸，路上小心。」
先生把用完的鞋拔子遞過來，我站在走道上這麼說。
「嗯，我出門了。」
高大的先生背對這邊，只轉過頭來，露出他的單眼皮。今天早上也一如往常，臉微微別開一點。
個性內向的他沉默寡言，都做了這麼久的夫妻，現在似乎還會難為情。每天早上說「我出門了」時，總不敢看我的眼睛。
只有關上玄關大門那一瞬間，他會從門縫中看我。四目相接，眼角微微下垂，門就關上了。這雖是微不足道的小事，總覺得那一瞬間兩人心靈相通，是我每天早上偷偷期待的事。
睡在起居室搖椅上的小花睜大眼睛，喵了一聲，從敞開的窗戶跳出去。
我從玄關門縫悄悄偷看，小花搖著一身灰毛，在先生腳邊繞來繞去。意思像是「抱歉啊，這麼晚才來送你」。
先生蹲下來，雙手抱起小花。輕輕撫摸小花的頭，露出祥和的表情說「那我出門嘍，小花」。

我忽然覺得，自己度過了非常幸福的一刻。半分認真地思考，不知道有沒有什麼方法，能把眼下這一刻連時間帶空間整個保留下來呢？

我以為，明天也會迎來同樣平凡無奇的日常片刻。

然而，今天早上，是我最後一次看到先生的臉。

送先生出門大約六小時後。

在廚房裡吃完中飯的我，走向起居室，想拿點心給小花吃。小花蜷曲在搖椅上。我一邊拿肉乾給牠，一邊打開電視，螢幕裡出現令人不安的畫面。

鐵軌上，有一輛翻覆的電車。車站前方，手持麥克風的記者拔高聲音說：

「死亡人數已超過二十人。」

東濱鐵道。鎌倉線。十點二十六分從西湯河原開出的快速電車。

接收著電視上播出的片段資訊，我全身失去血色。畫面上翻覆的那輛電車，是先生平時駕駛的電車。

他今天應該要值勤到傍晚六點。雖然公司還有其他駕駛員，從先生今天早上出門的時間推算，這輛電車由他駕駛的可能性非常大。

我急忙打電話到先生公司，電話卻打不通，不管打幾次都是通話中。

「這是脫軌電車的六節車廂中，第三節車廂掉落山崖的情形。」

每當電視上傳來新的消息，我就忍不住全身發抖。拿起手機打算再打一次，手指卻顫抖得無法按下螢幕上的按鍵。

我相信先生。他在東濱鐵道公司服務將近四十年，從未遲到請假。我們婚前他就是電車駕駛員了，至今沒有犯過稱得上失誤的失誤。雖說再三年就滿六十歲，還不至於老邁到連操作方向盤都會失誤。身為妻子的我敢如此斷言。

想找個依靠，我抱起跑來腳邊的小花。小花，要守護爸爸喔。心中如此默唸，用力抱緊小花。電視上，年輕的主播正提高聲音播報：

「現在收到最新消息。電車駕駛已經死亡。重複一次，電車駕駛已經死亡——」

主播的話才說到一半，我就把電視電源關掉了。懷中的小花，不知何時跑到地上去。

這時，家用電話亮了起來。像是某種條件反射，身體倏地一震。

這個時間家裡電話很少響起。一股不好的預感黏糊糊地爬滿全身。我害怕極了，不敢接電話。心中暗自期待鈴聲自己停歇。然而，站著不動等了一會兒，鈴聲就是不停。

「……喂？」

「抱歉百忙之中打擾，我是東濱鐵道的——」

東濱鐵道——

一聽到這個詞彙，視野瞬間扭曲。對方後面要說什麼，心裡也大概有個底了。

聽筒那端的聲音，聽起來好像從很遠的地方傳來。腦中只有「對方是丈夫公司的人」這件事，聽筒傳來的內容慢了半拍才在腦中響起。

放下聽筒，我當場失去力氣，頹坐在地。

這通電話，是來通知我丈夫已死的消息。

先生的遺體，在地方上一間小葬儀場悄悄火化。

他是引起脫軌事故的電車駕駛員。身為加害者家屬，我們不可能大大方方公開舉行葬禮。我們夫妻沒有小孩，雙方父母又都過世了。在少數親友陪伴下，不為世人所知地送他走上最後一程。

脫軌事故後，我的人生天翻地覆。

就像萬里無雲的晴空，瞬間滿布烏雲。

「……喂？」

「啊、喂？請問這裡是殺人兇手家嗎？」

對方說完這句話的同時，也一溜煙地掛上了電話。我回到起居室和式椅上，雙手撐著額頭重重嘆氣。胸口的心悸沒有要停歇的意思。

事故發生一星期左右，家裡開始接到惡意騷擾電話。

去死。

妳也一樣有罪。

太太，妳打算裝作沒事人的樣子活到什麼時候啊？

每天活在咒罵聲中，心總是劇烈跳個不停。茫然的不安重重壓上來，這一個星期，我幾乎沒有吃什麼東西。

身為加害者的妻子，我不能隨意外出。東濱鐵道的律師也叮嚀我，在事故引起的騷動平息之前，盡可能待在家裡。

我明白，這是理所當然的處置。我對遭到事故的傷亡者和他們的家人也有責任。身為駕駛的妻子，說不定我本來能做點什麼防患事故於未然的事。

東濱鐵道公司對外界宣稱，這次事故發生的原因是先生駕駛速度過快。可是，我無論如何都無法接受這個解釋。因為我知道，先生比任何人都加倍重視安全。

先生已逝的父親也曾是東濱鐵道的駕駛員。先生非常尊敬勤勉的父親，總是把「乘客的安全就是我的工作」掛在嘴上。東濱鐵道和其他鐵道公司為了搶乘客，在激烈的競爭下，要求駕駛員以提高速度為前提密集排班。然而先生拒絕了。太老實的個性使他無法在職場上出人頭地，有一段時期還被調離駕駛職位。即使如此，他依然不願扭曲自己的信念，始終堅持安全第一。

作為他的妻子，我怎能不相信自己深愛的丈夫。儘管這麼想，另一方面，一想到受害的人與死者家屬，我又感到滿心的歉疚。

這時，家裡的對講機門鈴忽然響了。

為了不讓人知道我在家，我已經把電燈都關了。可是，門鈴仍然不斷響起，聽得出按門鈴的人浮躁不耐的情緒。

「北村太太，妳在家吧？」

是媒體的人。因為我一直不回應對講機，他們直接站在門口喊話。

「我們可是從一大早就在這裡等到現在了喔。北村太太，五分鐘就好，出來表示一下意見好嗎？」

在地毯上蜷縮成一團的小花，害怕地跳到我腿上。

「北村太太！」

「妳在吧，北村太太！北村太太！」

呼應外面的喊聲似的，家裡電話再次響起。響了十聲、二十聲、三十聲。已經超過四十聲了還不停，彷彿不知停止為何物。

覺得自己像是得罪了全世界，我用力抱緊小花。

隔天，惡意騷擾仍然持續。

媒體連日守在家門口，沒完沒了地按門鈴。家裡電話響個不停，深夜的騷擾電話也沒停過。

其中，最讓我大受打擊的，是鄰居的反應。

事故剛發生的幾天，在家門外遇到時，鄰居還曾親切對我說「有困難的話隨時可找我商量」。但是現在，當我確認外頭沒有媒體的人，偷偷出去倒垃圾時，她們卻都表現得很疏遠，還會站在垃圾場旁邊竊竊私語，故意讓我看見。

「各位，給大家添麻煩了，真的很抱歉。」

我從遠處鞠躬，鄰居們也什麼都沒說就走了。都是些和死去的先生一起吃過飯的人。其中包括我們住進這棟獨棟房子以來，已經超過二十年交情的鄰居。失去了原以為可以信賴的心靈依靠，我呆站在原地，連生存的力氣都沒有。

脫軌事故發生差不多十天左右時。

清晨，一樓的窗戶傳出玻璃破裂的聲音。出於直覺，不難想像那是被人丟石頭砸破的。

下樓檢查，起居室的玻璃已經粉碎。戰戰兢兢走出家門一看，不由得全身顫慄。

「殺人兇手的家」。

有人用粉紅色噴漆，在玄關旁邊的外牆噴上這行歪七扭八的字。

是誰做的？

媒體嗎？

以惡作劇為樂的人嗎？

還是附近鄰居——

小花來到腳邊，我卻連抱起牠的心力都沒有。想像烏雲密布的未來，身體就像變成了化石，無法動彈。

沿著階梯一步一步上樓，往會場所在樓層走去。階梯旁邊就是電梯廳，可是，我決定用走的上去。因為像我這樣的人，沒資格搭電梯。

現在，這間大飯店七樓，正在對電車脫軌事故的被害者舉行說明會。

前幾天，我去拜託東濱鐵道的律師，請他讓我也參加說明會，親自向犧牲者家屬賠罪。

可是，他斬釘截鐵拒絕了。說這樣會把事態搞得更複雜，叫我絕對不能去。還要我在家裡等就好。

不久前，我看了一個聚焦在脫軌事故犧牲者身上的紀錄片節目。

事故死者中，有一位原訂今年四月要進入護校就讀的高中女生。她的父親在她小時候因病去世，使她產生了幫助病人的心願。為了達成這個心願，高中三年一直都在打工存學費。

事故三天後，她就讀的高中舉辦畢業典禮，典禮上也叫了她的名字。在校方安排下，由她的朋友代替上台領畢業證書。看到這一幕，我的心情真的好沉重，沒辦法繼續把節目看完。

這次的事故，奪走了她的未來。

一位有志青年的未來。

當然，也奪走了她家人的未來。

這種事，是不可以被原諒的。

走到七樓，一間寫著「紅葉廳」的大廳堂映入眼簾。大廳紅色的牆壁內，傳出「開什麼玩笑！」的女人聲音。

「發生了有人喪命的事故，哪可能是什麼不幸中的大幸！你們到底有沒有認清自己做了什麼？」

從牆外也能感受得到她憤怒的氣勢，我情不自禁倒抽了一口氣。

「因為這次的事故，我失去了最愛的未婚夫。你們奪走的不只是他的生命，也奪走了他的未來。同樣被奪走未來的，還不只有他而已。我的未來已經不再有他了，你們知道自己連受害者家屬的未來也奪走了嗎？不要默不吭聲，回答我啊！」

總覺得她說的每一句話，好像都在針對我。

我朝會場入口加快腳步。報到處的人問：「妳是誰？要做什麼？」想阻止我進去。我甩開制止的手，雙手猛地推開那兩扇對開式的大門。

被害者家屬坐在整齊排列的折疊椅上。面對他們的，是長桌後方坐成一列的東濱鐵道管理高層。坐在長桌最左側位置的，是每次從電話裡對我下指示的年輕律師。

「請你們回答！回答我！給我回答啊！」

剛才那個激動的聲音繼續這麼吶喊，她的話語直接刺入我心中。配合她走向經營高層的腳步，我走向被害者家屬面前。

「各位……我叫北村美佐子。是這次引起脫軌事故的電車駕駛妻子。」

眼前的人們開始騷動，我向他們深深彎腰一鞠躬。

「我的丈夫已經死了，沒有辦法向各位家屬道歉。身為妻子的我，在此代替死去的他向各位賠罪。真的非常抱歉。真的非常抱歉。真的非常對不起大家……」

會場某處響起某人「別讓她擅自亂來！」的怒喊。「來人啊，來個誰把那傢伙帶出去！」怒罵聲中，我繼續說：

「等這次事故原因釐清，只要肇事原因在我先生身上，身為他的妻子，我會用自己的生命來償還。各位，非常抱歉。非常抱歉，真的非常抱歉。」

不知何時，我已經跪在地上。

雙手撐在地板，一而再、再而三地低頭謝罪。之後，有人從後面強迫我站起來，是那個眼神犀利的律師。他不耐煩地用力抓住我手腕，不由分說將我拉出去。

離開紅葉廳時，剛才那位發出怒吼的女性凝視著我。和其他被害者家屬不同，她看我的眼中沒有敵意，沒有憤怒，但也不是原諒的眼神。只有無盡的哀傷。

發生事故後，不知道哭腫多少次，依然含著淚水的雙眼。我這輩子從來沒見過這麼哀傷的眼神。

我甩掉抓住我的手，對著她鞠躬。慢慢抬起頭時，陪在她身邊的年長男性也同樣對我深深一鞠躬。

這位紳士的舉動，反而讓我愧疚起自己做了讓對方顧慮的事，更加深了一層歉意。

家中院子裡，染井吉野櫻的花蕾開始綻放。再過幾天，樹上就會開滿白色花朵了吧。

一到四月，盛開的花瓣紛紛散落，送先生出門上班後，走到門外道路，用掃把將滿地花瓣掃進畚斗，是我每年的例行公事。四月也是附近小孩上小學的時期，家門前就是通學路，每年總能看到第一次揹上書包的一年級新生，一臉不安地走過。

不過，孩子們的成長很有趣，入學一星期後，不安的表情就會轉變為笑容，真是不可思議。「阿姨，早安！」大概在學校裡學到打招呼的方式了吧，看到手拿掃把的我，有些孩子也會這樣跟我寒暄。

一年後的同一時期，可以看到很多孩子身高比前一年抽長了。揹著比去年舊髒的書包，那身影看上去多了些勇敢。對沒有小孩的我而言，觀察這些孩子的成長，是暗藏心中的樂趣。

不過，今年大概沒有辦法那麼做了吧。

事故至今二十多天，家裡已經不再接到騷擾電話，媒體也不再守在家門口了。即使如此，我仍無法不顧忌鄰居的目光，不敢任意出門。

遭人惡意塗鴉的牆壁，頂多只能利用半夜拿藍色塑膠布遮擋起來。

即將進入四月時，關於肇事原因的情勢有了轉變。對於肇事原因，東濱鐵道公司每次給大眾的說明都不一樣。

起初歸咎於駕駛超速，後來又說是因為有人在鐵軌上放石頭，再下一次則推說零件廠商提供的零件有缺陷，說明缺乏前後一致性。包括警方在內的外部專家調查結果，發現東濱鐵道公司使用的電車，早已超過法定耐用年數。企業徹底追求效率的結果，零件更換敷衍草率，導致行駛中的電車煞車不靈。結論證明，電車之所以脫軌，不是我先生超速駕駛的關係。

脫軌事故發生整整五十天之後，四月二十四日，官方終於發表正式聲明。

離奇的是，這天正好是我先生的生日。

久違地打開了窗，一陣強勁的風吹進來。黃色窗簾翻飛，橘紅色的陽光照進起居室。

窗邊放著一把木製搖椅。平時，先生總愛坐在這把散發古董意趣的椅子上。然而，平常坐在那裡的人已經不在了。曾經理所當然的景色，現在已成為寶物。

認識先生，是我二十八歲那年的事。

我在鎌倉線的月台上扭到腳，幫我做緊急包紮的人就是他。

大我三歲的他當時就很穩重可靠，一點也不像才三十出頭的人。他對自己的生存之道擁有不可動搖的信念，所有他說的話，我聽起來都覺得是正確答案。雖然是個沉默寡言，一點也不起眼的人，我仍深深受到他強大的內在吸引。

結婚之後，我開始喊他「孩子的爸」，這個稱呼中，也包含了我對他的依賴之情。起初，臉皮薄的他總說「不要這樣啦」，對這個稱呼感到困惑。日子久了，他就什麼都不說了。

先生雖然在鐵道公司服務多年，敬禮的姿勢卻很笨拙。

新婚時期，我老愛取笑他敬禮的姿勢很奇怪。為了改善他的姿勢，吃飯前也要他敬禮，洗澡前也要他敬禮，動不動就要他練習敬禮。他那害羞的模樣實在可愛，現在回想起來都還覺得好幸福。

我因為體質的關係，很難懷孕。

但我知道，先生比別人更加倍喜歡小孩。只要在月台上看見人家帶嬰兒，他都會主動搭訕。制服口袋裡永遠放著幾顆糖果，我好幾次看見他掏出糖果來給哭泣的孩子。

後來，我開始治療不孕症，卻一直不見成效。於是，我叫先生跟我離婚。

先生拒絕了。他說，就算沒有小孩，有妳在就夠了。

他要我放棄不孕治療，大概不想再看我受治療所苦了吧。

結婚第三年，差不多入秋那陣子。

有一天，我碰巧看見先生和一對親戚夫婦在家附近的咖啡店喝茶。不明就裡的我走進店內，不經意聽見三人凝重的談話聲。

「可是，生不出小孩是很嚴重的事。」

聽見這句話，往他們那桌走去的我停下腳步。親戚夫婦異口同聲的說：

「你們還是離婚比較好。」

「……的確，沒有小孩或許是一件難受的事。」

原本默不吭聲的先生開了口。接著，他以堅定的態度，毫不退讓地說：

「但是，我連一次都沒想過娶另一個太太。就算沒有孩子，她還是她。我愛現在的她，今後也不會改變。在指教別人之前，你們何不重新檢視一下自己的人生？告辭了。」

說完，先生站起來，拿出一張千圓鈔往桌上丟。

我第一次看到穩重的先生用這麼激動的語氣說話。沒察覺我的存在就走出店外的他，背影看起來好高大。

回顧與他共度的這些年，我再也控制不住淚腺。

脫軌事故發生至今，我的心力一直處於臨界點，也沒有多餘的時間悲嘆他的死。現在事情告一段落，悲傷忽然一口氣席捲而來。

我沒能見到他最後一面。

沒幫他舉行葬禮，好好送他上路。

只能躲避世人眼光，偷偷將他火葬。

在院子裡玩的小花從窗簾縫隙間溜進屋內。

小花今年就要十歲了。那年一個下雨的日子，牠被人丟在路旁，先生把牠撿了回來。

只要先生坐上搖椅，小花就會跳上他的腿，坐在蓋毯上跟他撒嬌。這一幕總看得我不禁莞爾。可是，他再也不會坐上那張搖椅了。

小花跳上失去主人的搖椅。或許想念先生的溫暖，將身子蜷縮在毯子上。

看到牠寂寞的身影，我心都揪起來了。

以粉紅色為主色調的櫃檯旁，並肩坐滿等待看診的人。為了減緩病患的不安，醫院裡靜靜播放著音樂盒風格的療癒水晶音樂。

這裡是小田原城附近的一間身心科醫院，我來這裡看診。

黃金週剛過完時，忽然感受到身體出現異狀。吃飯時，握筷子的右手微微顫抖。在家中浴室泡澡時，像是抓不準時間感，常常一回過神才發現自己泡了快一個小時。

外出的時候，視野裡看見的東西都有種虛假不實的感覺。我不認為這只是暫時的症狀，就用手機查到地方上的這間醫院，前來看診。這裡除了精神科與身心科的門診，還有失智症門診，是很專業的身心科醫院。

「北村太太，請填寫這張單子，然後在這邊稍待一會兒。」

年輕護理師走向坐在候診廳沙發上的我，請我填寫問診單。夾在夾板上的白紙上，列出「晚上睡得著嗎」、「三餐都有好好攝取嗎」等三十個問題。

用顫抖的手填寫後，再次體認到自己身體出現異狀的事實。脫軌事故之後，我沒有一天不在半夜醒來。體重也掉了將近十公斤。今天早上，看到鏡子裡的自己，我嚇傻了。白髮增多，臉頰凹陷，蒼白的臉上毫無光澤。一開始，我甚至沒認出自己。

「沒問題，我會一直陪著妳的。」

一對結束診療的老夫妻，從後方的診間回到候診廳。

「別擔心、別擔心。」

「老伴，謝謝你。」

那位太太一臉消沉，先生挽著她的手，就像她的靠山。

每次我身體不舒服時，那個把他肩膀借我靠的人已經不在了。

進行不孕症治療時，我曾因為藥物不適而嘔吐，先生立刻飛奔到廁所，摩挲我的背，還直接用手擦掉我嘴角的污物，一點也不嫌棄。那個總陪伴在我身邊的他，已經不在這個世界上了。

寫完問診單，我正要站起來時，忽然一陣天旋地轉。心臟猛地收縮，整個人往後倒在沙發上。

「妳沒事吧？」

坐在隔壁的老先生急忙上前扶我。

「不好意思，我不要緊。」

過了一下子，胸口的疼痛也收斂了。我對趕過來的護理師說，已經沒事了。

「真的不要緊嗎？」

老先生用擔心的眼神看我。

「沒問題，我只是有點暈眩。」

老先生打量我，像在判斷我有沒有說謊。接著，他很快起身，走向廁所旁的飲水機，用紙杯裝水拿來給我。

「這個，不嫌棄的話。」

「謝謝您，這對我很有幫助。」

我向他傳達感謝之意，老先生露出讓我安心的笑容。櫃檯傳來「宇治木先生，請到裡面的診間」。他又笑了一笑，然後說「那我先過去了」，走進後方的失智症門診室。

含一口冷水，感覺全身的乾渴一一消失，身體每個角落獲得滋潤。可是，瘀積在胸口的鬱悶情緒怎麼也無法散去。

家裡起居室的櫃子抽屜裡收著相簿，裡面是我和先生拍的照片。內向的先生不喜歡拍照。不過，我一有什麼事就拿起相機。我覺得，等年齡增長，回顧人生時，手邊有些能提醒記憶的照片比較好。只要保留那些有如將每個時代剪貼下來的深刻回憶，就能從中獲得生存的勇氣。我是這麼想的。

吃了身心科醫院開的處方藥，晚上總算能確保一定程度的安眠。從抽屜裡拿出厚厚的相簿，按照年代順序翻閱裝在保護袋裡的照片。

蜜月旅行去北海道拍的照片。收養小花第三天時三人的合照。在院子裡開烤肉派對時的照片。

一張新婚時期的照片讓我嘴角上揚起來。那是身穿制服的先生，一臉難為情地在敬禮。那天先生忘了帶便當，我幫他送到西湯河原車站，順道拍下了這張照片。月台上明明還有其他人，我卻強迫他練習敬禮。他嘴上埋怨著說「不要啦，在這種地方」，最後還是拗不過我的堅持，心不甘情不願地照做了。

相簿正中間，有幾頁放的是尺寸比普通照片大一點的照片。那是結婚紀念日時，在南鎌倉一間餐廳拍的。

店裡提供用餐結束後幫客人拍紀念照的服務。從結婚第二年起，我們每年都會去那間餐廳。把在那裡拍的紀念照收進相簿，也成了歷年來的習慣。去年結婚紀念日的隔天，我們已經打電話去預約好今年的位子了。按照預定，今年原本也該在一星期後的五月十九日，去那裡拍第二十四張照片。

每年，吃著店裡的套餐，我都會對先生說：

「往後，不管我們誰先離開，隔年剩下的那個人也一個人來這裡吧。一邊懷念對方一邊喝葡萄酒，應該也挺好的。」

聽到我這麼說，先生總皺眉「不要說那種不吉利的話」。沒想到如今一語成讖。

從上星期開始，我就猶豫著要不要打去店裡取消預約。其實我一個人還是想去，喝點最愛的葡萄酒，心情或許會好一點。

可是，引起事故的電車駕駛之妻在特別的場所度過結婚紀念日，這種事是可以被原諒的嗎？

坐在和式椅上思考這件事時，門鈴響了。我從窗簾縫隙往外看，家門外有個坐輪椅的陌生女性。從外表看來，應該不是媒體的人。

「……請問哪裡找？」

儘管內心狐疑，我還是按下對講機通話鈕。

「您是北村先生的太太嗎？」

「……我是。」

「非常抱歉，中午正忙時還來打擾您。敝姓石田，在小田原經營一間食堂。受到北村先生生前諸多照顧，想來跟太太您打聲招呼。」

從對講機裡傳出的聲音，感受得到對方體恤的心意。每句話、每個字都透露著小心翼翼的顧慮。

我慢慢打開玄關大門。看到坐在門前輪椅上的她臉上的表情，所有懷疑瞬間煙消雲散。因為她的臉上，有著跟說話聲音一樣的誠摯。

「再次自我介紹，敝姓石田。明知北村太太您在事故發生後心情一定很折騰，我還是厚著臉皮來了。真的非常抱歉。」

我一走過去開門，這位滿頭白髮的女性就從輪椅上深深地低下頭。接著，她又補充說明：「明知失禮，我還是託人詢問了您家裡的地址。」

「您專程前來，我才不好意思。請進吧。」

我招手請她進門，石田女士卻揮揮手說「不、在這裡就可以了」。「您看也知道，我的腳不好」，這麼說著，她開始告訴我關於先生的事。

「我平常都在小田原城前站搭車，要去搭車之前會先聯絡車站，請他們幫我準備輔具。每次來協助我上車的都是北村先生，如果他正好輪值駕駛，也一定會確定我上車坐好了才發動。就算因為我造成的麻煩，讓電車延誤發車，他還是堅持這麼做。打斷其他乘客的抱怨，為身體不方便的人設身處地著想。」

「……」

「有時他會在車站前等我，再幫我推輪椅上電車。車站收到我的聯絡時，即使他正在兩趟駕駛之間補眠，也會專程起來，到車站階梯下方等我。」

聽著聽著，我心想，這真像先生會做的事。腦中浮現他為石田女士推輪椅的模樣。

「北村先生常跟我稱讚您喔。」

「……咦？」

「他說，不管早上多早出門，我太太都會一起起床，送我出玄關。我說了好幾次不用這樣也沒關係，她絕對還是會起來。北村先生還說，只要聽到太太一句『路上小心』，就能產生今天也要好好努力的心情。」

「……」

「我先生不在了，所以我們常聊到夫妻的事。忘了什麼時候，北村先生曾說，如果還有來生，也要再跟妳做夫妻。我想，他是打從心底愛著妳。」

一股暖流流過內心深處。內向又沉默的他，從來沒有當面對我說過喜歡或愛之類的話。

石田女士離開前交給我一個塑膠盒，裡面裝的是豬排飯。她說這是她經營的食堂招牌餐點。

回到起居室，石田女士說的話仍在耳邊縈繞。桌上攤開的相簿裡，有著去年結婚紀念日時，在餐廳拍的紀念照。聽了石田女士的話之後，再回頭看這張照片，感覺意義格外不同。

不過，我不能忘記。

雖然不是先生的錯，結果還是造成大量乘客傷亡。這是無法改變的事實。事故發生至今，死者家屬感受到的痛苦，是我所比不上的。怎麼能無視他們的存在，自己悠哉地跑去喝葡萄酒呢？如果先生站在我的立場，他絕對不會這麼做。

我輕輕闔上相簿。

拿出手機，打電話給餐廳取消了預約。

就著早晨的微光，走進盥洗室漱洗。別說盥洗室的電燈了，整個家的電燈都沒開。

我一天比一天害怕明亮的地方。

不是害怕被媒體知道我在家，只是單純對燈火通明的空間心生恐懼。尤其是早上醒來，前往盥洗室的時候。鏡子前要是太亮，我就會被迫看清自己急速蒼老的臉。這一個月來多了好多皺紋，怎麼化妝都掩飾不了。

想呼吸早晨的新鮮空氣，走到屋外，聽見門旁信箱傳來窸窸窣窣的聲音。原來是比我早一步起床的小花，站在櫻花樹枝上撈信箱裡的東西。

小花從樹枝上跳下來，嘴裡叼著兩封郵件。一封是東濱鐵道公司寄來，關於先生職災處理的通知。我想確認內容，從小花口中抽出郵件，另一封信就這麼掉到地上。撿起來一看，背面寫著陌生的寄件人名「根本慎治」。

在衝動驅使下，我當場拆開那封信。拿出信紙，是一張直書式的信箋。

「致北村美佐子女士——」

最右邊一行，寫著我的名字。我眼神上上下下，讀起以工整筆跡寫的這封親筆信。

這是脫軌事故死者家屬寫給我的信。

『致北村美佐子女士：

很抱歉突然寫信給您。我叫根本慎治。

我的獨生子慎一郎，在今年五月三日發生的鎌倉線事故中死去。失去了最愛的兒子，我和妻子，以及我們早已視為媳婦的慎一郎的未婚妻，都因此不知所措。

您應該還記得三月十九日舉行的被害者說明會。那天，出現在會場的您對我們被害者家屬不斷低頭。在那樣的狀況之中，能做到這一點是非常不容易的事。我看得出來，您是一個非常誠懇的人。

從那天起，我就一直掛記著您的事。我住在小田原，四月二十四日官方正式發表肇事原因聲明後，我就透過朋友打聽到北村太太您的地址。站在被害者家屬的立場，無論如何都想對您說幾句話，或許是多管閒事，仍提筆寫下這封信。請原諒我的無禮。

首先，透過各家媒體報導，我得知您受到許多無情第三者的傷害，對此感到十分心痛。代替那些不敢當面向您賠罪的膽小之徒，請容我在此向您致上歉意。真的對您非常過意不去。

其次，關於這次的脫軌事故，我認為駕駛電車的北村隆夫先生沒有任何過失。更別說是身為他妻子的您，更不需要負任何責任。

今後在這場事故的官司判決中，若是身為加害者的東濱鐵道公司試圖讓您蒙受任何不利，我願意站上證人席。我再強調一次，您不需要負任何責任。

被害者說明會那天，我從您眼中看見的，是與哭倒在身邊的媳婦同樣的眼神。您也在這次事故中喪失了配偶。我在您的眼裡，看到的是哭了無數次的人才有的哀傷。

北村太太。

我向來認為，人類有權利親手終結自己的生命。這是每個人應享有的權利，其他無關的人沒有置喙的餘地。

可是，我這個年屆七十的老人，也想就自己的人生經驗對您說句話。

北村太太。

不能尋死。

千萬不能死。

人的一生有許多的起伏跌宕，即使如此，我仍堅信這樣的人生值得我們走完一趟。

這個月，身體健康出了狀況的媳婦去醫院檢查，發現已經懷有身孕。孩子的父親當然是過世的兒子慎一郎。

我們一家人，選擇了活下去這條路。

一如下坡路也有走完的一天，這個世界永遠會為未來帶來光明的希望。

人生就是這麼不可思議。

我祈求總有一天，耀眼的光芒也會照亮您的未來。

您要相信。

要堅信。

根本慎治
妙子
智子』

信的內容，就像站在面前說話一般。淚水迸出眼眶，濡濕了臉頰。

信末的三個名字筆跡各自不同。想必是三個人各自的署名。這封信，不是根本慎治先生一個人寫的信。我猜，他的夫人和媳婦應該也過目了。這封信，是根本一家人寫給我的信。

櫻花樹前，揹著書包的小學生們陸續經過。其中有個揹紅色書包的小女孩，一看到站在門口的我就露出了微笑：

「早安，阿姨。」

她這句話像個號令，隨後跟上的幾個孩子們紛紛笑著對我說早安。這群孩子，去年春天也走過這條通學路。大家個子都比去年高了，臉也老成了一些。

「……大家早安。」

下唇承接了淚水，微微顫抖。

「大家早安，早安，早安！」

我用力擠出聲音。

在未來的主人翁面前，怎能擺出一副沮喪的表情呢？抱起來到腳邊的小花，用手掌抹去眼角淚水。

沿著鐵軌走，空無一人的月台映入視野。電車暫停行駛的軌道上安靜無聲。太陽開始下山，連帶地，西由比濱車站一帶也瀰漫起一股陰鬱的氣氛。

帶著包在透明玻璃紙裡的花束，我朝目的地前進。脫軌事故發生後，我幾乎沒在外走動。久違外出的緊張，讓我表情有點緊繃。

那個地方，就在遠離月台的軌道旁。已經有許多憑弔的花束供奉在此，大多是菊花。

三月五日，上午十一點二十九分。東濱鐵道的快速電車就在這個地點脫軌。

駕駛座上的先生當場死亡。所以，這裡就是他嚥下最後一口氣的地方。

「孩子的爸，我來了喔。」

將花束外的玻璃紙拆開，放下菊花。

「孩子的爸，抱歉……我來遲了。」

好不容易擠出聲音，內心感傷至極。

祭弔先生時，因為事發突然，我沒能好好向他道別。過了那麼久才來到這個地方，內心一陣激動。

不遠處的軌道旁，有位和我一樣在此雙手合十默禱的男性。他將花束放在腳邊，閉著眼睛，神情肅穆。

與緩緩睜開眼的這位老先生四目相接，我點頭致意，似曾相識的臉敲開記憶的門。

是之前我去身心科看診時，那位倒水給我的先生。沒記錯的話，他就是那位看失智症門診的宇治木先生。

「身體後來還好嗎？」

宇治木先生也像想起了我，走到身邊微笑詢問。

「託您的福，心情重新整理過了。」

「那就太好了⋯⋯對了，您今天來是⋯⋯」

朝一旁堆疊的花束投以一瞥，宇治木先生小心翼翼開口：

「非常抱歉，您是否也在鎌倉線事故中失去了什麼人？」

停頓了一會兒，我才點點頭。

「真抱歉，問了這麼失禮的問題。」

「不、請別介意。」

我搖搖頭，宇治木先生歉疚地向我低下頭。

抬起頭，宇治木先生朝軌道方向望去。

我從他清瘦的側臉上，看見與自己同樣的陰霾。剛才這番對答，語氣聽來也透露著某種故作堅強。

「……不好意思，您是否也在事故中失去了親人？」

明知失禮，我還是忍不住問了。宇治木先生沉默許久，最後才發出哀傷的嘆息，微微低下頭說：

「……其實，我孫女今年二月在這裡衝向電車自殺了。」

我一時之間說不出話來。

「她被電車撞飛後，面目全非的遺體在那邊的鎌倉生魂神社鳥居旁找到——」

說到這裡，他也說不下去了。

雖然不是我想的那回事，但彼此失去的都是深愛的人。我對宇治木先生的痛苦感同身受，不由得一陣心痛。

宇治木先生一直放不下孫女的事。然而，畢竟是這樣的事態，也不好隨便對他人提起。他一定一直走不出內心的黑暗面，看到那髮際流出的大量冷汗就能明白。

「……如果您願意的話，可以跟我說一說。」

我輕輕握住宇治木先生的雙手。

人內心的痛苦，如果能稍稍對他人吐露，心情就會輕鬆一點。我也曾因為無法對他人提起事故的事，內心痛苦不堪。

「謝謝您……」

宇治木先生向我道謝，臉上表情放鬆了一些。先抬頭仰望天空，接著，話語就像決堤般滔滔湧出。

「其實，我孫女她在學校遭到非常慘烈的霸凌。可是，那件事她無法跟任何人商量。她母親是單親媽媽，忙於工作，從以前就幾乎很少好好照顧那孩子。站在孫女的角度，一定認為跟這樣的媽媽商量也沒用。

「對我來說，她是唯一的，也是最疼愛的孫女。她為什麼沒有把霸凌的事告訴我呢？真要說的話，我為什麼都沒能察覺呢？想到這點，我真是懊悔莫及。孫女個性雖然倔強，但是個非常善解人意的孩子。大概不想讓開始去日間照護中心的我擔心，所以才沒來跟我商量。

「在她房間抽屜找到的遺書，上面只寫著一句話。短短的一句『沒有一個人能相信』。」

宇治木先生臉上浮現悲痛的神色，我別開視線不忍心看。但是，他又立刻用堅強的語氣說：

「我真希望那孩子能多信任人類一點。也希望她能遇到值得信任的人，知道這世界上還是有與惡意完全相反，足以顛覆一切惡意的良心。」

血紅的夕陽籠罩整個城鎮，黑夜正開始一點一滴侵蝕。

「我患有失智症。不久的將來，所有記憶都會喪失。可是，唯有那孩子的事，我絕對不想忘記。不、怎麼能忘記。」

像是說給自己聽似的這麼說著，宇治木先生從手上提的皮包裡拿出好多本筆記本。

「我絕對不要忘記孫女的名字。所以，每天都像這樣不斷寫下她的名字，幾千次，幾萬次，為了將她的名字烙印在腦海中。」

打開筆記本，每一頁都密密麻麻寫滿同樣一個名字。

雪穗。

「話雖如此——」

在大紅色的夕陽照耀下，他像要尋求我同意似的說：

「想忘掉留給自己這麼多回憶的人也不容易呢。」

這句話筆直穿透我的心。

想起自己到現在還忘不了先生的任何一件事，我用力咬緊下唇。

起居室裡的搖椅上，小花蜷縮成小小一團。

小花好像以為先生什麼時候還會回到這張椅子上，一聽到外面發出聲響，就急急忙忙衝出玄關。之後，又一臉落寞地踱步回來。看到這樣的牠，我真的好不忍心。

也曾想過乾脆把搖椅丟掉好了。這麼一來，至少可以減少小花想起先生的次數，不用繼續抱著無謂的期待。

可是，我辦不到。

總覺得先生還在那裡。
總覺得，哪天他還會若無其事地晃回家，坐在那張椅子上。
看到那張椅子，一方面難受，一方面卻也捨不得丟棄。
門外傳來停車的聲音，還有從貨架卸下金屬的哐啷哐啷聲。
「不好意思！我們是湯河原工程行的人！」
大概以為先生回來了吧，小花跳下搖椅。我抱起想朝玄關跑的小花，走出起居室。
「麻煩你們了，請進。」
我站在玄關招手，兩位身穿工作服的男性走進來。
為了去除牆壁上的噴漆塗鴉，我從網路上找到位於隔壁鎮的業者，請人來施工。委託的時候，也告知了先生是鎌倉線事故中死去的駕駛員。
「請節哀順變。」
簡單打過招呼後，兩位男師傅並肩對我點頭致意。他們謹慎的態度，讓我反而有些內疚。
「還有一件事，不知道是不是該告訴您。」

右側青年抬起頭，若有深意地看著我。

「其實，家父也在鎌倉線脫軌意外中身亡。」

聽到這句話，我內心掀起了一陣洶湧波濤。

「雄一，那我先去施工喔。」

大概察覺我們會談得比較深入，一旁的白髮師傅先走出去了。這個名喚雄一的青年露出抱歉的表情轉頭說「不好意思，竹中先生」。

「……這樣啊。我不知道這件事，竟然還委託您來施工，神經真是太大條了。非常抱歉。」

放下小花，我深深彎腰鞠躬。

「不、您不需要道歉。」

他用強調的語氣這麼說著，輕輕握著我的手臂說：「請抬起頭來。」

「說來理所當然，我完全不怨恨北村太太您的先生，連一絲不好的念頭都沒有，請千萬不要顧慮我。我今天也會好好完成工作。」

像是想讓我放心，他微微一笑。摸摸小花的頭說「好乖，真是乖孩子」。

「對了，北村太太，有件事無論如何都要讓您知道。」

他柔和的表情忽然嚴肅起來。

「……如果我說，還能再見到您死去的先生一次，您會怎麼做？」

這句話的意思，我一點都聽不明白。

「我現在要跟妳說的不是開玩笑或胡說八道。深夜前往西由比濱車站，妳會在月台上遇到一個幽靈。還有一輛幽靈電車行駛於深夜的鎌倉線上，那就是事故當時那輛電車，而妳能搭上那輛電車。實際上，我就是這麼做，見到了死去的父親。」

他用毫不遲疑的口吻，說著令人丈二金剛摸不著頭腦的事。

「如果事故至今，妳一直停留在原地無法前進，我認為妳應該再去見最愛的人一面。我現在戴的這支手錶，是事故發生時家父戴在身上的。我在幽靈電車上和父親說了話，下車後，將事故中撞壞的手錶修理好，當作他的遺物戴在手上——」

說到這裡，他似乎刻意停頓了一下，目不轉睛地看著我說：

「我停止的時間，又開始走動了。」

月台上，籠罩著一片深藍夜色。電子顯示板沒有亮燈，月台上一片漆黑。月台最尾端，有個被淡淡月光微微照亮的場所，彷彿鎂光燈聚焦於那裡，有個人影站在導盲磚外側。

定睛一看，是個穿水手服的年輕女孩。

她手上拿著一個粉紅色的小貝殼。這貝殼對她似乎很特別，只見她感慨萬分地凝視著貝殼。

「妳就是最後一位乘客了嗎？」

察覺走近的我，她轉過頭來。

「妳……該不會是鬼吧？」

「是啊？嚇到了嗎？」

嚇到了。

雄一先生昨天沒提到幽靈的性別，我擅自想像成可怕的男鬼了。

「妳會在這時間來這裡，就表示已經知道幽靈電車的事了吧？」

她這麼問，我默默點頭。「既然如此，那就不用多說廢話。」說著，她把搭上幽靈電車的四項條件告訴我。

• 只能從死去的犧牲者上車那一站上車。
• 不能把即將遇害死亡的事告訴死去的犧牲者。
• 在電車通過西由比濱站前一定要下車。一旦通過西由比濱站，搭上這輛車的人也會遭遇事故死亡。
• 就算見到事故中遇害的犧牲者，現實世界也不會產生任何改變。不管做什麼，在事故中死亡的人都不會復生。若是試圖在電車脫軌前讓車上的人下車，馬上就會回到現實中。

「只要能遵守我制定的這四項條件，妳就可以搭上幽靈電車。哎呀，才剛說完就來了。」

匆匆結束說明的她，對我咧嘴一笑。跟著她示意的視線望去，一輛半透明的黑色電車正靠近月台。

看見停靠月台的這輛電車，我心跳加速。因為駕駛室裡，死去的先生就在那裡。

「孩子的爸……」

我伸手摀住嘴巴，愕然失語。此時，電車又緩緩起動。幾分鐘後，遠方傳來轟然巨響，幾乎震破鼓膜。

「剛才開過去的，就是那天脫軌的那輛電車喔。證明了剛才說明的第三個條件是真的，要是途中沒下車，妳也會變成那樣。」

無視陷入混亂的我，她繼續說：

「這輛幽靈電車，只有對事故懷抱強烈情感的人才看得到。不過，再過不久就沒有任何人看得到了。後天五月二十八日，鎌倉線的全線安檢就要結束。那天早上的頭班車出發後，鎌倉線將恢復運行。我想說什麼，妳應該知道吧？」

「……」

「簡單來說，明天深夜出現的幽靈電車就是末班車。所以，如果妳要搭車，明天是最後的機會。」

根據她的說明，明天深夜這輛末班車通過西由比濱車站後，就會被上天收回去了。

壓抑激動的神經，我重重呼出一口氣。整理耳邊聽到的資訊，慢慢反覆深呼吸。

不過，我毫不猶豫。

就算見到事故中遇害的犧牲者，現實世界也不會產生任何改變——

即使真的是這樣，我的心意也不會動搖。

我決定要搭上明天的末班車，去見先生一面。

這是個冷得不像五月底的夜晚。

月台上方，細碎的星光像有人撒了一片砂金。或許因為空氣澄淨無比的緣故，感覺星空近得不可思議。

在星光照耀下，我對著月台牆上貼的鏡子整理服裝儀容。今天穿的薰衣草紫開襟衫，是去年結婚紀念日前買下的。

和先生共度的最後時光，不能打扮得太隨便。即使現在瘦得不成人形，我還是盡己所能好好梳妝打扮了一番。事故發生之後，這還是第一次好好化了妝。

突然，一道光芒照亮鏡中的景色。我驚訝得轉頭一看，電子顯示板不知何時通電發光，閃爍著「快速　南鎌倉　十點二十六分」的字樣。

軌道另一頭，透明電車正逐漸接近月台。黑色車身比起昨晚透明許多，說明這輛幽靈電車已是末班車的事實。

停下來的電車駕駛室裡，我看見身穿制服的先生。他沒有下來月台，只以認真的表情小心謹慎地檢查各項機材。

為了不讓他發現我，我從靠近第二節車廂的車門走上第一節車廂。

「本車即將出發，起站是西湯河原，終點站是南鎌倉。」

聽著先生的車內廣播，我朝駕駛室走去。

所有車門一起關上。來到駕駛室前的我，轉身對後方所有車上乘客低下頭。

這輛電車上的人們，再過一小時就會遭逢事故身亡。身為執掌這輛車的駕駛妻子，我必須對他們表示歉意。

我慢慢抬起頭，抓住一旁的吊環，視線投向旁邊的駕駛室。

先生完全沒察覺我，隔著附有小窗的隔板坐在另一頭，盯著圓形的車速計，認真地握住方向盤。

我打從一開始就沒打算上車和先生說話。

雖然是最後的時光，我仍不能打擾先生工作。只要能待在他身邊就夠了。只要能就近看著他，我就夠幸福了。

電車抵達江之浦車站，車門一開，乘客們一擁而上。身穿西裝的上班族，提著寫有「函館」的紙袋。大概是去北海道出差回來，帶著要送同事的伴手禮吧。

我和先生的蜜月旅行，去的就是北海道。

婚禮結束七個月後，我們造訪了冬天的函館。可是，我出發前感冒，好像又在飛機裡傳染給了先生。在函館的飯店登記入住後，兩人一直咳個不停。

原本早已預約好第一天晚餐的壽司店。但是，先生判斷走在寒冷天空下感冒會惡化，決定那天晚上在飯店房間叫客房服務的餐點就好。

對坐窗邊，吃的是客房服務送來的蟹肉炒飯，冷凍加熱的那種。想說至少看看美麗夜景吧，往窗外一看，正好下起了大雪，什麼都看不到。

「我們到底來北海道幹嘛啊？」

我這麼一說，先生就忍不住偷笑起來。被他這麼一笑，我也哈哈大笑了。

幸好隔天早上，兩人身體都恢復許多。那天晚上去了前一天沒能吃成的壽司店，充分享受函館夜景後，隔天早上再轉往登別泡溫泉。

可是，每次回憶蜜月旅行時，第一個想起的，都是兩人一起吃的冷凍炒飯。

「那炒飯還意外好吃呢。」

雖然只是個籠統的念頭，每次先生笑著這麼說的時候，我總會不經意地想，夫妻或許就是這樣。同時，這也是確信自己能夠永遠跟這個人在一起的瞬間。

電車通過小田原城前，抵達前川站。

窗外有一條老舊的木製長椅。這個車站整體散發一股古樸意趣，從以前到現在幾乎沒有改變。距今二十六年前，我和先生第一次相遇的地方，就是這個前川站的月台上。

當時我住在前川站附近。那天，我穿著高跟鞋來到月台，才剛通過剪票口，右腳就狠狠扭傷了。坐在月台長椅上動彈不得時，前來關心「怎麼了嗎？」的人，就是先生。

先生為我緊急包紮，在右腳綁上支撐木，再用繃帶一圈一圈纏繞。綁到一半，他的制帽被強風吹走了。那是一頂帽簷綻線，看上去戴了很久的制帽。

「啊、你的帽子！」

我這麼大叫，他卻不動如山。還警告我「不要亂動」，繼續仔細為我包紮。飛走的制帽掉落鐵軌間，被隨後開過的快速電車輾過。

一星期後，在前川車站月台上看見的他，戴著一頂簇新的制帽。「前幾天謝謝你了」，我這麼說著向他鞠躬。先生說，小事，別放在心上，臉上漾出笑容。

到了和他結婚那天。

我看見先生抽屜裡，保存著一頂破破爛爛的制帽。像被什麼輾過，幾乎都快裂開了。

這頂制帽，就是他為我緊急包紮時飛走，被電車輾過的帽子。後來，他自已下去軌道間把制帽撿回來了。

原本戴這頂制帽的人是先生的父親。當上電車駕駛員的先生，為了繼承死去父親的遺志，開始戴上父親的制帽工作。那天被風吹走的是如此重要的遺物，他卻處變不驚，繼續幫助受傷的我。

這些與回憶相關的景色映入眼簾，我內心一陣激動。手抓著吊環，心飛回久遠的往昔。

電車不知不覺已通過小磯站。

朝駕駛室望去，隔著隔板上的小窗，與先生視線撞了個正著。他露出疑惑的表情，像在說「妳怎麼會在這裡」。但是，隨著茅崎海岸站的靠近，必須減速的他又重新轉頭望向前方。沒再回頭看我，只是默默執行應盡的職務。

他個性這麼老實，之後一定也不會再回頭了吧。雖然只有短短一瞬，能和他對上視線真是太好了。

通過茅崎海岸的電車，轉眼又經過了江之島前站。沒剩下多少時間了。

毫不留情加速的電車搖晃，窗外已能看見面對相模灣的海岸。是由比濱。

我和先生以前曾來過由比濱沙灘。

那是十二月裡一個寒冷的日子。見到我為了不孕治療不順利而消沉，先生提議「去看海吧」，我們就開車來這裡了。

太陽開始下山的海邊，我和先生一起坐在沙灘上。隔著一段距離，眺望湧上又退去的淺淺海浪。

身旁沉默的先生忽然開口：

「抱歉，我什麼都沒能做……」

我說不出任何話。

生不出小孩不是先生的錯。可是，作為支撐彼此的夫妻，先生一定也認為自己有責任。

「爸爸！」

一個小朋友衝下通往海灘的階梯。追著前方的父親，從我們身旁跑過去。後面跟上的，是抱著嬰兒的母親。一家四口在拍岸潮水邊會合，開心地說說笑笑。

有小孩的這一家人看在我眼中太耀眼了，我從海上轉移視線，頭再也抬不起來。

先生摟住低著頭的我的肩膀。什麼都沒說，只是用力將我摟過去。

平常他不是會做出如此大膽舉動的人。可是，這時他抱我的方式毫不遲疑。壓在我肩膀上的重量就像他對我的愛，我忍不住熱淚盈眶。

「孩子的爸……」

我把頭埋在先生胸口哭泣。他依然什麼都沒說，但絕對不放開抱著我的手。

現在回想起來，我明白了一些事。

起初我開始喊他「孩子的爸」，也有在這個稱呼中寄託我對他依賴之情的意思。他一開始還有點抗拒，從某個時期起，就不再糾正我了。

我想，他之所以接受了「孩子的爸」這個稱呼，或許是因為我沒有小孩的關係。

夫妻之間有了小孩後，很多太太就開始喊先生「孩子的爸」。或許他是想讓我這個沒有小孩的女人，至少能夠擁有這個稱呼。事到如今也無法確認了，只是，我不由得認為這就是溫柔的他會做的事。

電車開始急遽減速，西由比濱車站就要到了。

我打算待在車上，就這樣通過西由比濱車站。

我不能讓孩子的爸自己離開。搭上幽靈電車，是為了和他一起死。

遺書放在起居室桌上。小花託付給石田女士了。我打電話去食堂，說我想出門旅行轉換一下心情，她就二話不說接走了小花。相信石田女士一定能讓小花過上幸福日子。

電車的搖晃慢慢平息。轉動的車輪，分寸不差地在寫著「西由比濱」的站牌前停止。

我動也不動。放開抓住吊環的手，深深吸一口氣，為了讓自己保持鎮定，慢慢吐出這口氣的瞬間，駕駛室門喀嚓一聲開了。先生從裡面走出來。

面對驚訝的我，先生表情鄭重地說：

「快下車。」

我不知道他為什麼這麼說。

「求妳了，快下車。」

「……」

「抱歉，美佐子，真的抱歉……妳要活下去。」

先生的聲音在顫抖。但是，眼神狠狠瞪著堅持不下車的我。他的目光實在太尖銳，我情不自禁下了車。

「為什麼……」

看著回到駕駛室的先生，我呆站在月台上。

「辛苦他了啊。」

聽見聲音，我轉頭一看，是昨晚遇見的女鬼。月台四周不知何時恢復一片漆黑。我追問她：「怎麼回事？」

她是這麼說的：

「在我提出的搭上幽靈電車條件中，確實提到不能告訴對方即將遇難的事。但是，我可連一句都沒提到對方不知道自己即將死去吧？大家都知道喔，知道自己即將遇上事故身亡。」

我聽得茫然懵懂，她又接著說：

「那輛電車上的人，都是未能成佛，還留在這世間徘徊的靈魂。幽靈電車上的乘客，大家都記得自己遇上脫軌事故死亡的事。在保持著事故當下記憶的狀態，繼續搭乘這輛電車。可是，幽靈就是幽靈，不管做什麼都改變不了事故會發生的事實。現實世界不會有任何改變。」

我無法整理混亂的思緒。萬萬沒想到，先生知道自己即將遭遇事故身亡。

「為什麼乘客們明知自己將死，卻沒有人告訴我們呢？」

我提出疑惑，雪穗先是說：「為什麼啊？大概他們自己也不知道為什麼吧。」接著又給了我答案：

「或許因為他們認為，那樣才能擁有一段美好時光吧。」

「……」

「我原本覺得這個世界沒什麼好活的。可是，看來似乎不是如此。那起脫軌事故後，來了許多聽聞幽靈電車傳聞的人，大家都搭上了這班電車。可是，沒有一個人通過西由比濱站。正確來說，是沒有一個人能通過。其中也有像妳這樣，試圖搭過站的人。但是那種時候，車上的人都會要這個人下車。甚至有人不惜開揍對方，也硬是要把對方趕下車。我本來以為至少會有一兩個人出於寂寞，希望心愛的人也過來這邊的世界。然而，這樣的人一個也沒有。所有人都做出要心愛的人活下去的選擇。我認為，這是很美的一件事。」

她嘆口氣，緊握粉紅貝殼說：

「要是早知道人類這麼美，我也不會去死了。那就這樣嘍。」

露出羞赧的笑容，她搭上靠站的幽靈電車。彷彿在等這最後一個乘客似的，敞開的車門很快關閉。

夜風吹起我的瀏海。追趕什麼似的再度吹來一陣風，夾帶海潮香氣掠過鼻尖。

和先生道別的時間到了。

我心想，不能去看駕駛室內的先生。儘管錯的是鐵道公司，作為引起事故的駕駛妻子，我對事故也有責任。眼前的電車裡，載著所有因事故身亡的人。

當著他們的面，我怎麼能和自己的家人好好道別。我想，先生現在一定也是這麼想。駕駛室內的先生看都不看我一眼就是最好的證明。

我對著幽靈電車內的乘客深深一鞠躬。輕輕抬起頭的瞬間，明知不可以，視線還是朝駕駛室望去。

從側面看見先生的肩膀，正在微微顫抖。

電車緩緩起動。就在這時，先生看了我一眼。他咧嘴一笑，對我敬禮。跟以前練習時一樣笨拙的姿勢。以及那時展現的，孩子般的笑容。

一絲淚水滑落臉頰。我伸手摀住嘴巴，強忍激烈的嗚咽。

偏離軌道的電車朝天空駛去。穿梭在天上的星星之間，緩緩離去。

孩子的爸。

孩子的爸——

仰望星空，我百感交集地告訴他：

「路上小心。」

春日
ルヒブンコ
文庫
114

西由比濱車站，再見
由比ヶ浜駅の神様

由比濱車站，再見 /村瀨健作 ; 邱香凝譯. -- 初版. -- 臺北
: 春天出版國際文化有限公司, 2022.10
面 ;　公分. -- (春日文庫 ; 114)
自 : 西由比ヶ浜駅の神様
BN 978-957-741-582-0(平裝)

1.57　　111013353

N 978-957-741-582-0
ated in Taiwan

作者　村瀨健
譯者　邱香凝
總編輯　莊宜勳
主編　鍾靈

出版者　春天出版國際文化有限公司
地址　台北市大安區忠孝東路4段303號4樓之1
電話　02-7733-4070
傳真　02-7733-4069
E－mail　bookspring@bookspring.com.tw
網址　http://www.bookspring.com.tw
部落格　http://blog.pixnet.net/bookspring
郵政帳號　19705538
戶名　春天出版國際文化有限公司
法律顧問　蕭顯忠律師事務所
出版日期　二〇二二年十月初版

定價　360元

總經銷　楨德圖書事業有限公司
地址　新北市新店區中興路二段196號8樓
電話　02-8919-3186
傳真　02-8914-5524
香港總代理　一代匯集
地址　九龍旺角塘尾道64號 龍駒企業大廈10 B&D室
電話　852-2783-8102
傳真　852-2396-0050